Rade amère

Du même auteur, chez le même éditeur

Masses critiques, Rouergue noir, 2019

Graphisme de couverture : Odile Chambaut
Image de couverture : © Mohamad Itani/Millenium Images, UK

www.lerouergue.com

RONAN GOUÉZEC

Rade amère

roman

ROUERGUE noir

À mes parents, Maryvonne et Michel
À Anne, Hélène, Suzanne et Malo

Chapitre 1

BRIEUC

Brieuc était sur le point d'entrer. La pluie furieuse s'interrompit brutalement, on aurait dit la reprise de souffle d'une sorcière hystérique entre deux incantations. Il profita de ce répit inattendu, descendit les deux marches et poussa fortement la porte avant de subir la suite du déluge en suspens. Une courte pause sur le seuil, dégoulinant. Bien que lourde et massive, il sentait la pièce de chêne derrière lui, vibrante et craquante à chaque rafale rageuse arrivée tout droit sans escale depuis l'autre côté de l'océan.

Le type émacié au comptoir qui tirait la bière en continu comme un forçat le repéra immédiatement. Il coulait de ses mains un fleuve d'or en fusion, à peine servi dans les hauts verres, sitôt englouti, aussitôt renaissant, la multiplication des pintes. Brieuc indiqua d'un menton interrogatif le fond de la salle, l'autre opina et retourna à son mouvement perpétuel. Devant lui, une masse humaine, chaude, sanguine, bruyante et essentiellement masculine où les différentes strates de conversations se chevauchaient, se mêlaient. Des rires arrivaient comme des grains en mer et s'interrompaient en une seconde, avant de renaître plus loin dans la salle. Debout, pressés les uns contre les autres, les hommes des tavernes éclusaient les bocks, s'essuyaient la mousse des lèvres, appuyés au bar ou contre les murs couverts d'affiches, se gueulaient dans les oreilles en hochant la tête d'un air concentré, presque douloureux, les yeux plissés, un bras pesant d'amitié ambrée passé autour des épaules.

Un poêle énorme ronflait dans un coin, enfermé derrière une sorte de rambarde destinée à éviter qu'on s'y appuie par mégarde entre deux tournées. Il émanait des êtres, des murs et du sol une chaleur excessive, potentiellement dangereuse. Brieuc réussit à retirer sa veste gonflée et lourde d'eau et de sel en évitant de trop écarter les bras et sans provoquer autre chose que des protestations mort-nées qu'il sentit surnager un instant, puis sombrer dans son sillage vite refermé. Un sourire complice par-ci, une claque appuyée sur l'épaule par-là, une ou deux bourrades précisément dosées, encore trois pas judicieusement calculés et il se retrouva sans encombre dans l'arrière-salle, dissimulée derrière un rempart de granite épais d'un mètre et une large porte battante, déglinguée à force d'embrasser le rocher antédiluvien monolithe qui tenait lieu de mur. Il se demanda si la bâtisse avait été construite autour du rocher, et quand ?

Tout ici évoquait la grotte primordiale, la satisfaction des besoins essentiels, et la célébration d'une cérémonie païenne préchrétienne. L'endroit où il se tenait était bondé lui aussi, quoique moins bruyant lui semblait-il, à moins que la dizaine de mètres parcourus depuis le seuil ait suffi à endommager irrémédiablement ses tympans martyrisés. Et puis le miracle : une place libre au bout d'une table occupée par une demi-douzaine de types rougeauds très occupés à justifier leur prochaine analyse sanguine à coups de saucisses joyeuses et de frites mayonnaise. Il fut intercepté par une petite serveuse brune avant d'avoir atteint la chaise dont il avait un besoin URGENT maintenant. Il s'assit d'autorité, d'une pièce, tout en soutenant son regard. Courte hésitation. Un petit sourire fatigué effleura les lèvres de la jeune femme, se mua en soupir inconscient et elle dégaina son carnet à souche en se penchant un peu trop vers lui pour mieux se faire entendre dans l'air épais et chaud comme la soupe fumante qu'il espérait.

– Bonsoir, vous avez le buffet d'entrées là-bas et ensuite rougail saucisse, demi-poulet, au choix, ensuite crumble maison, mousse au chocolat, crème brûlée… Non, pardon, plus de crème brûlée…

Pas de soupe donc. Elle attendait son choix. Il remarqua la voix un peu éraillée, le polo ajusté et le pantalon qu'elle portait, la petite broderie au col au nom de l'endroit, un tatouage floral sur le côté droit du cou assez joliment réalisé qui plongeait hors de vue, et la boucle fine fichée dans une narine, les cernes aussi, et surtout la lassitude de cette soirée trop longue. Il la regardait en souriant légèrement, espérant vaguement qu'elle se souvienne de son visage, après tout, il venait ici de temps en temps… Bon, comme les deux cents autres clients de ce soir… À trois mètres de là, des ouvriers sortant d'un ouvrage nocturne, chaussures de sécurité encore aux pieds, outils multifonction bringuebalant à la ceinture, manches retroussées sur des avant-bras épais piétinaient devant les présentoirs réfrigérés. Une vraie scène de chantier. Les gars piochaient allègrement à grands coups de louche dans les plats de charcuterie, de taboulé, de piémontaise, de crudités et d'œufs mimosa. Impossible pour ces types de ne pas maçonner, façonner ou échafauder. Ils avaient retrouvé les gestes amples et précis de leur activité quotidienne. La nourriture s'empilait progressivement dans les assiettes bientôt trop exiguës, édifiait des reliefs extravagants au-dessus de fondations bien ancrées. L'idée de se relever et de se frayer une route pour aller repêcher des survivantes au bac des carottes râpées après le passage dévastateur de ces gars lui sembla absolument relever de l'impossible. Il fit donc une croix sur son envie de crudités.

La serveuse le regardait, appuyée d'une main sur une chaise, à peine agacée par ce type indécis, qui la matait sans même s'en rendre compte, un de plus, et lui offrait cette petite pause. Bien que lassée de courir d'un bout à l'autre de la salle, elle commença à s'agiter au bout de trente secondes, inquiète de perdre le rythme qui la maintiendrait sur la crête de la déferlante jusqu'à plus d'heure. Fallait bouger.

– Alors ? On a faim ou pas ?

Sourire complice qui faisait glisser la question un peu rudement balancée. Il hocha la tête. *Eh ben voilà, on se décide…*

– Pas d'entrée, pas de dessert, rougail saucisse, ce sera très bien, avec un quart de rouge et un déca à suivre. Merci.

– C'est parti.

Elle s'était déjà échappée vers les cuisines, après un sourire automatique et un regard circulaire qui lui fit repérer des corbeilles à pain vides, des carafes asséchées au bout de mains tendues qu'elle attrapa machinalement au vol d'un geste sûr, virevoltant légèrement entre les tables trop proches. Un joli brin de fille. Trop jeune évidemment. Elle ne l'avait pas reconnu. Il n'en était pas surpris, pas vraiment déçu non plus, juste légèrement amer. La confirmation de ce qu'il avait trop souvent vérifié depuis que sa femme l'avait quitté, et qui pouvait régulièrement le mettre en rogne : il devenait peu à peu un de ces gars passe-partout entre deux âges qui se fondaient généralement dans le décor sans se faire remarquer, poli, parlant trop peu. Rien de bien excitant. Pas de quoi faire lâcher d'extase son plateau à cette nana. Il soupira, en colère à présent contre son ex, contre lui-même et son incapacité à mettre un peu de relief dans le paysage. N'avait rien à voir évidemment avec ces grandes gueules installées dos au comptoir, les coudes plantés dans le zinc, le ventre bombé comme le rostre brise-lames des minéraliers amarrés à cent mètres de là, apostrophées par leur surnom dès leur entrée, cassant les oreilles des autres habitués avec juste ce qu'il fallait de brutalité cordiale pour qu'on les tolère, un ricanement hypocrite prudent aux lèvres, attendant secrètement le type suffisamment hardi qui saurait faire taire les braillards insupportables.

Certaines tables se libéraient brièvement pour quelques instants avant d'accueillir d'autres mangeurs, le temps de passer une éponge humide, de dresser d'autres couverts encore chauds de leur passage à la plonge. Une famille s'installa à quelques mètres. Un couple et une petite fille blonde. Celle-ci ouvrait de grands yeux ébahis, regardait autour d'elle sans beaucoup tourner la tête mais observant tout. La gamine le toisa un instant, puis un sourire éclata sur son visage quand sa maman lui montra l'ardoise accrochée au mur. Elle entreprit fièrement de la déchiffrer, accompagnée du sourire encourageant de ses parents. D'assez vieux parents à ce qu'il pouvait en juger, et guère prospères, semblait-il. Tous deux portaient une sorte de blouson bariolé en laine polaire et des jeans fatigués. Des trois, c'était la petite fille assise entre eux deux qui était la mieux mise. L'homme surtout semblait épuisé, les traits creusés. Le crâne rasé accentuait l'impression de maigreur excessive qui se dégageait de son visage sec. Leurs regards se frôlèrent et s'évitèrent aussitôt pour ne plus se recroiser de la soirée.

Brieuc mangea lentement mais de bon appétit, étonné par l'équilibre finalement très acceptable du plat et la bonne qualité apparente des différents ingrédients. Il n'y avait que le vin, médiocre, un brin acide, qu'il regrettait d'avoir commandé. Tant pis. La brunette n'avait pas réapparu depuis au moins trois minutes. Il l'imaginait en pause à l'arrière du bâtiment, fumant, les yeux clos, le dos appuyé contre le mur, une jambe repliée… *Ouais, rêve pas bonhomme…*

Autour de lui, on faisait traîner, prenant un café, puis un autre. Il faisait trop bon, et la rumeur sourde des masses d'air et d'eau en mouvement de l'autre côté du mur incitait tout le monde à retarder le moment où il faudrait bien SORTIR. Car depuis des mois des quantités invraisemblables d'eau tombaient du ciel sous les formes les plus diverses : averses brutales qui courbaient les têtes, les gouttes lourdes rebondissant comme des billes de verre, petites pluies fines, hésitantes, qui semblaient pouvoir durer des siècles, et bien sûr des crachins, poisseux et pénétrants, exaspérant les plus patients. Seule la neige avait manqué. Comme tout le monde il avait d'abord maudit cet hiver trop doux, prolongation hypocrite d'un automne têtu qui n'avait jamais renoncé à s'effacer, qui pourrissait tout à l'envi. Il le fallait bien. Une sorte de devoir civique. La communauté s'était trouvé une consistance nouvelle autour de cette situation climatique désastreuse. Il semblait devenu naturel d'échanger avec des inconnus dans des files d'attente, à la station-service, au café. Le sentiment de partager largement les conséquences d'une sorte de malédiction imméritée rendait prolixes les plus réservés. Il ne fallait pas cinq minutes avant que le tutoiement s'installe, qu'une fraternité de classe nouvelle réunisse les gens autour d'une bière au comptoir. Pourtant, tout en ressentant aussi ce besoin de lumière, cette aspiration au renversement d'une logique naturelle devenue incompréhensible, il s'était progressivement retiré des murmures. En vérité, il goûtait sincèrement ce moment étrange, dilaté, exceptionnel. Les rares jours où il restait inactif, il passait des matinées étirées et délicieuses à marcher sous la pluie. Une sorte de fascination tranquille le conduisait à admirer longuement les ciels bas aux multiples tons de gris. Il avait ressorti un vieil appareil photo qu'il ne touchait plus que rarement et avait réalisé quelques clichés qu'il aimait beaucoup. Au hasard de ses rares rencontres, il lui arrivait de déceler quelquefois chez un interlocuteur la même inclination secrète pour cette manne céleste aqueuse. C'était alors quelques sourires muets échangés dans le brouhaha plaintif et redondant de la plupart, des hochements de tête entendus. La confrérie silencieuse des marcheurs sous la pluie.

Comme ce soir, les cafés, les restaurants ouvriers bondés prenaient à l'heure de midi des airs de bains turcs. On s'y pressait plus que d'ordinaire dans une condensation remarquable, des odeurs fortes de laine mouillée, de sueur encore tiède. Le vacarme assourdi des conversations, la ronde des serveurs, la bouteille de rouquin presque vide maintenant, et la richesse du plat du jour, tout conduisait à une satiété tranquille, primaire, accompagnée d'une progressive anesthésie des sens. Alors venaient l'envie d'un autre café, d'une sieste peut-être, et le bonheur d'être là, simplement. Et puis, comme une marée de fort coefficient qui reflue à l'heure dite, la salle se vidait de ses hommes. Hémorragie joyeuse. Quelques minutes de chaises repoussées sans précaution, de rires sonores, de claques dans le dos, de fortes mains serrées, de derniers quignons de pain attrapés à la volée, de tasses ou verres vidés debout, pour la route, à la hâte, un bras déjà dans la manche.

Allez ! Brieuc paya rapidement, plongea de nouveau dans la masse bruyante de l'avant-salle et se retrouva dehors sur une impulsion rapide, puissante et efficace, toute fatigue disparue. Avant de franchir le sas étanche de l'entrée, il avait longé le bar, et noté avec satisfaction la disparition des cartes déposées une semaine avant. Il remarqua quelques autocollants à côté de la caisse, il faudrait y penser.

La rue était encore sous domination liquide. De tous côtés la percussion lourde de millions de perles d'argent sur la tôle des véhicules en stationnement résonnait en une vibration sans cesse renouvelée, roulant, s'éloignant et revenant, au gré des bourrasques d'un vent imprévisible, s'anémiant soudainement. Parenthèse verticale. Dans la lueur crue d'un lampadaire, il baissa les yeux vers le caniveau noyé, suivant attentivement la génération spontanée d'un affluent inconnu, d'un Amazone encore au berceau, d'un Nil en devenir, d'un Mississippi prometteur. Et cela clapotait, glougloutait, coulait, roucoulait, enflait aussi. Il regagnait son véhicule, profitant de quelques portes cochères ou rares marquises pour goûter les variations mélodiques de ces havres étonnamment déserts. Pauses feutrées. Ruissellement du vêtement au sol, lourd de toute cette eau. La sensation étrange d'être brusquement tombé en surdité, comme une pierre. Sur les lèvres le goût du sel, pour rappeler la présence de l'océan tout proche. Il pleut la mer pensait-il.

Il retrouva son fourgon là où il l'avait laissé, malgré l'acharnement obstiné des bourrasques à vouloir le ramener chez le concessionnaire. La bande en damier jaune et noir, la même que sur la timonerie du bateau, faisait de l'effet. Il dut retenir énergiquement la portière dans une ultime rafale avant de se retrouver enfin au sec. Il roula au pas, les essuie-glaces peinant à libérer le pare-brise de la pellicule d'eau sitôt chassée instantanément renouvelée. Le coin de la rue était alternativement illuminé d'éclairs bleus et blancs. Il devina le contrôle de police en cours et se rangea sur le côté en arrivant devant l'homme couvert d'une sorte de cape de pluie et d'un baudrier fluorescent qui braquait sa torche sur son pare-brise et sa plaque. Il baissa sa vitre et présenta ses papiers à la silhouette encapuchonnée.

– Police nationale. Vous avez bu ce soir, monsieur ?

– Non, enfin, juste deux verres de vin, en mangeant.

Il fit un geste du pouce vers la portière et sa raison sociale peinte en blanc sur fond noir.

– Je ne travaille pas ce soir.

Le flic éclaira de nouveau le flanc du véhicule : TAXI RADE SERVICES, Jos Brieuc…

– Donc vous avez bu. On va voir ça.

Il lui tendit un petit boîtier muni d'une sorte de tube plastique.

– Veuillez souffler là-dedans. Pas trop fort, mais un peu quand même.

Avant qu'il s'en saisisse, se demandant bien comment il allait doser justement le souffle confus qu'on exigeait de lui, des éclats de voix rendus incompréhensibles par les rafales de vent tourbillonnantes firent se retourner d'une pièce le gardien de la paix. Celui-ci resta figé trois secondes avant de ranger l'éthylotest dans une poche. Il lui fit signe d'y aller et se dirigea rapidement vers deux de ses collègues aux prises avec un petit groupe d'énervés. Le temps qu'il parcoure la dizaine de mètres qui le séparait d'eux, l'algarade avait monté d'un cran supplémentaire et il finit par courir en sortant une bombe de gaz incapacitant.

La fin de l'histoire était prévisible, inutile d'attendre. Brieuc démarra et s'éloigna tranquillement, observant dans son rétroviseur l'empoignade confuse qui roulait d'un bord et de l'autre de la chaussée comme une vague indécise qui va puis reflue. À ceci près qu'une vague indécise, cela n'existait PAS. Toutes celles qu'il avait fréquentées savaient exactement où elles allaient, et comment elles allaient faire leur entrée : enfler doucement, gentiment, rouler amplement avec les copines murmurantes, bras dessus bras dessous, et terminer en un tapis friselé et frais où il faisait bon rester pieds nus, immobile, tant qu'on pouvait, saisi aux chevilles, ou bien encore monter, excitées, les unes sur les autres dans une courte échelle bientôt déraisonnable, vertigineuse, verdir de rage dans la bousculade marbrée qui s'ensuivrait, et chuter finalement, pour éclater en une explosion cotonneuse et hurlante, épouvantable.

Il s'éloigna du quartier des bars et restaurants, passa en ralentissant devant la silhouette massive du remorqueur de haute mer le plus puissant d'Europe, immense comme un petit immeuble, toujours posté en sentinelle, le nez vers le goulet, s'étonna brièvement qu'il ne se soit pas positionné au large cette nuit, longea le port de commerce en suivant les docks, les quais, les hangars vastes et sombres, les bassins de radoub laborieux d'où jaillissaient des gerbes éphémères d'étincelles d'un blanc douloureux à l'œil, encadrés par les formes faussement graciles des hautes grues jaune et bleu immobiles. Il s'arrêta pour laisser passer un convoi de fret ferroviaire interminable, et, de zones obscures désertes en poches de lumière crue et active, arriva bientôt à l'un des ronds-points qui annonçaient la sortie de la zone portuaire industrielle. Le port de plaisance n'était plus loin.

Brieuc ne résista pas longtemps avant de rouler vers celui-ci et de se diriger vers le bassin où il passait l'essentiel de son temps depuis la réception du bateau, une semaine donc. Le fourgon s'arrêta dans un frémissement devant la passerelle qui descendait au ponton. Son ponton. Il attrapa un projecteur portable dans le vide-poches, remonta la fermeture de sa veste de mer et sortit entre deux bourrasques. Le pavillon qui annonçait son activité battait furieusement dans l'air, claquant comme un fouet. Il tapa le code qui commandait l'ouverture du portillon métallique et descendit prudemment vers le bateau. Il alluma son fanal et balaya lentement le bateau amarré court, de l'arrière jusqu'au poste de pilotage, examinant les aussières. Elles faisaient leur office sans trop grincer. Il avait posé des amortisseurs en caoutchouc noir de très forte section, bien utiles par ce temps. Il monta à bord par la plate-forme arrière et atteignit le vaste cockpit qui pouvait accueillir une grosse demi-douzaine de personnes sans problème. Une fois refermée la porte à glissière donnant sur la timonerie et le poste de barre, il se trouva dans une bulle de calme apaisant. L'intérieur sentait encore le neuf. Les sièges étaient vierges de toute tache, le sol impeccable, les peintures et les vernis brillaient sous la lumière blanche du projecteur. Il s'assit devant la barre, se cala dans le siège baquet, puis recula celui-ci, le fit pivoter et se redressa en position semi-debout, les fesses appuyées sur le dossier épais du siège retourné, les bottes fermement positionnées sur les cale-pieds. Il passa une main sur la barre en acier inoxydable et bois, et bascula quelques interrupteurs au tableau de bord. Des cadrans s'allumèrent, des aiguilles s'animèrent. La VHF crachotait doucement et s'était mise à scanner des canaux préprogrammés. Il entendit brièvement la fin d'une conversation qui s'interrompit avant qu'il en ait affiné la réception. La charge des batteries était parfaite, le réservoir aux trois quarts plein, le radar et le traceur GPS opérationnels. Le démarreur couinait légèrement, ne demandait qu'à faire gronder les deux moteurs Volvo sous ses pieds. Demain. Il coupa le circuit, se releva, jeta un bref coup d'œil à la petite cabine de la pointe avant en contrebas, vérifia l'étanchéité et la fermeture du panneau de pont, la bonne ventilation de la timonerie, et regagna son véhicule, courbé en deux dans les rafales.

Il conduisait presque à l'aveuglette, atteignit une rocade luisante, environné du chuintement à peine perceptible de ses semblables. Tout était ralenti par la pluie. Des images lui revenaient. Souvenirs précis d'un séjour en Écosse, des réminiscences humides et venteuses, spectaculaires. Première bretelle, il sortit, poussé par une nécessité impérieuse : se soustraire à ce flux de véhicules incessant. Il déplorait la trop grande densité de peuplement, l'habitat dispersé omniprésent, la fréquentation effrayante des voies rapides. Encore une fois le souvenir écossais s'imposait, ses routes sinueuses, l'île de Lewis, de Mull, la magnificence de ses paysages, la rareté humaine en récompense. Comme une Bretagne des origines, préhistorique, et d'une vitalité sidérante. Dans la toile de fond de sa mémoire émergea le souvenir de cette incursion en plein Atlantique jusqu'à l'archipel écossais le plus loin au large : Saint-Kilda, la rudesse de la roche millénaire, l'ampleur de la houle, et aussi au retour l'image précise du passage de cette pointe au petit jour : Ardnamurchan Point.

Brieuc fit rouler plusieurs fois à voix basse la texture dure et minérale de ces deux mots extraordinaires entre gorge et lèvres. Deux galets archaïques, polis, éternels, indifférents et étrangers à tout ce qui était humain.

Le fourgon quitta la nationale puis la départementale, et finit par déboucher sur un chemin étroit qui serpentait et plongeait entre les flancs boisés d'une colline abrupte. À mi-pente, il vira assez brusquement à gauche entre deux chênes contorsionnistes rabougris et s'engagea sur un petit plateau enchâssé dans une clairière. Invisibles du chemin carrossable, deux bâtiments bas occupaient l'espace ouvert sur la rade et le goulet, une maison d'habitation ossature bois, de plain-pied, au toit de zinc quasiment plat, et une autre construction inspirée des mêmes principes, un atelier assez vaste fermé par de hautes portes coulissantes et comportant un large porche où il gara le fourgon.

Brieuc entra dans la maison par la porte de service qui donnait sur l'arrière-cuisine et le local technique, se débarrassa de ses chaussures et vêtements trempés, rangea et suspendit le tout aux endroits appropriés. La maison était sombre, silencieuse et tiède. À peine si l'on entendait le ronron de la pompe à chaleur dehors. Il hésita un moment dans la cuisine. L'envie d'une goutte de rhum lui tourna autour un petit moment, l'air de rien. Il préféra faire bouillir de l'eau et se préparer une infusion de thym. Ça devenait un peu trop fréquent ces petits verres du soir. Accoudé au comptoir, il buvait à petites gorgées en regardant les lumières brouillées du port qui semblaient sur le point de s'éteindre dans les bourrasques, mais qui tenaient bon finalement. Il marcha en chaussettes jusqu'au triple vitrage de la baie vitrée qui ne laissait rien deviner des conditions de vent dehors, resta là un moment, terminant de boire. Il rinça le mug, le déposa sur l'égouttoir, s'essuya soigneusement les mains et alla s'asseoir au bureau, dans la petite pièce attenante au salon. Des étagères chargées de livres couraient sur les murs, quelques photos, des ciels sombres, deux jeunes gens souriants lors d'un repas de Noël, un couple de personnes âgées dans un jardin soigné, occupées à ramasser des feuilles mortes, une femme emmitouflée dans un manteau long, le bas du visage enfoui dans le col. Un placard mal fermé en bois blond laissait entrevoir des classeurs administratifs, un ordinateur était occupé à sortir de sa veille. De là, il avait la même vue que dans la pièce de vie, et, mieux, une paire de jumelles de marine sur pied était braquée sur le ponton 15, un peu à l'écart, au fond du port de plaisance. Il se releva, le temps qu'Intel sorte de sa torpeur, et fit la mise au point sur son emplacement. En temps normal, de jour, il avait une vue directe sur le ponton, assez correcte étant donnée la distance. Là bien sûr c'était différent.

Il resserra la molette afin de conserver la bonne visée puis retourna s'asseoir devant l'écran bleuté. Quelques touches pianotées plus tard il accédait à la page administrateur de son site. Il fit défiler rapidement les statistiques de fréquentation avec satisfaction. Cela frémissait, déjà, était-il tenté de dire. Il posa son téléphone connecté à côté du clavier et synchronisa les deux appareils. Son premier transport du lendemain matin : un aller vers la presqu'île, puis retour en soirée. Il pivota vers son deuxième écran et se pencha un instant vers les conditions météo annoncées : accalmie dans la nuit, passage du front froid en matinée avec quand même des rafales à 6 B, un peu meilleures qu'aujourd'hui donc. Un peu. Le coefficient de marée n'était pas très élevé, ça, c'était un bon point. Il se pencha un instant en arrière dans le fauteuil, ferma les yeux et se concentra sur les heures de passage du goulet, l'opposition vent contre courant, visualisa assez précisément l'état probable de la mer dans ce couloir. Mieux valait longer le côté gauche, moins exposé. Il serait un peu secoué à l'aller pendant quelques milles, puis serait ensuite très vite à l'abri de la houle d'ouest dans l'anse de Camaret. L'essentiel était de garantir au mieux le confort de son client. En décalant la course d'une petite demi-heure, il attraperait l'étale pour rentrer dans la rade, oui, c'était bien. Il se pencha de nouveau vers l'écran, vérifia le paiement sécurisé en ligne et confirma le formulaire de réservation en précisant l'heure de rendez-vous selon ses dernières observations. Il vérifia enfin que le numéro de téléphone de la personne était bien enregistré dans son mobile. Voilà. Il pouvait s'étirer, se pencher en arrière, à la limite que pouvait tolérer le fauteuil conçu pour CELA et se demander si la petite brune tatouée avait terminé son service… Il ferma les yeux un moment.

Ardnamurchan Point…

Chapitre 2

CAROFF

– Vous ne buvez pas, Caroff ?

L'homme lui souriait par-dessus sa monture de lunettes en mélangeant lentement le sucre et le café, puis il interrompit le tintement entêtant du métal contre la porcelaine, posa la cuiller sur la soucoupe, et but une courte gorgée en tournant la tête vers la rade. Une trouée lumineuse avait réussi à percer le plafond gris, et la lueur pâle, froide et magnifique s'écoulait silencieusement en une chute blanche, comme à travers une trappe ouverte. Ils plissèrent tous deux les yeux. L'autre, à cause de la lumière aveuglante tout à coup, et lui pour se concentrer sur le visage de cet homme, sur cette bouche agile qui pissait des flots ininterrompus de syllabes et de mots savants et onctueux. *Il pouvait pas le forcer, c'était pas possible… il fallait lui dire que c'était non, qu'il ne pouvait pas faire ça.*

Un quart d'heure que le bonhomme lui tissait sa toile autour comme un curé. Un quart d'heure qu'il se laissait faire, fasciné malgré lui. Le regard noir de l'homme revint sur lui et il sourit encore une fois.

Caroff se raidit, fin de l'entracte, il allait remettre ça, l'enfoiré.

– Je dois reconnaître que le ciel ici…

Encore un geste élégant de la main.

– Oui, c'est autre chose. Tous ces nuages, ces nuances de gris, ces changements permanents. Même les bleus sont différents de chez moi. C'est très beau.

Il reprit du café, hocha la tête.

– Vraiment, c'est magnifique. Mais pour vivre ici…

Il fit une moue désolée.

– Misère, non, moi je ne pourrais pas. Parce que l'humidité quand même… Le vent, bon, je connais, mais le froid, la pluie… c'est rude tout ça, non ? Il faut être comme vous pour pouvoir le faire. Il faut être d'ici je veux dire, et encore, même pour certains cela ne suffit pas.

Caroff l'écoutait, sans réaction, comme en apnée, comme suspendu dans le vide. Dans sa tête tournaient en boucle des images de ce film qui l'avait terrifié, une astronaute dérivant, seule dans l'espace, perdue… *Il faut lui dire non. Il faut…* Sursaut muet.

– J'ai lu quelque part que vous aviez un des taux de suicide les plus élevés du pays. Vous saviez cela ?

Le beau parleur s'interrompit de nouveau, se pencha un peu en avant vers lui et Caroff put sentir son eau de toilette, remarqua l'apparente douceur de cette joue sombre rasée de près. La qualité de la veste, celle de la chemise, de la montre lui ricanèrent à la gueule, le giflèrent en pleine face. Et les mocassins, bon Dieu… Il ramena les pieds sous sa chaise, cachant autant qu'il était possible ses chaussures de chantier dégueulasses. Il déglutit, à présent conscient de sa propre odeur, lourde, de son apparence fruste. Il résista à l'envie humiliante qu'il avait de gratter cette démangeaison, là sous son aisselle, et une séquence de son enfance lui revint comme une décharge électrique, son père, sombre au-dessus de lui comme une éclipse menaçante, et toujours les mêmes mots qui précédaient de peu la baffe, « Arrête donc de faire le macaque, bon Dieu ! » L'autre reprit, en orbite autour de lui-même, faussement compatissant, inconscient de son état mental vacillant.

– Évidemment cela ne vous concerne pas personnellement. Vous savez, Caroff, il faut être vraiment fort pour…

Il refit un geste vague englobant le paysage qu'ils dominaient…

– Tout ça, ce que vous faites pour vivre. C'est incroyable. La pêche, sortir en mer par tous les temps, risquer l'accident, le matériel qu'il faut remplacer, les blessures, les rentrées d'argent aléatoires… les dettes… Et puis, l'océan, c'est quelque chose. C'est énorme. Oui. Personne de sensé ne peut dire le contraire. La terre, bon c'est différent… C'est dur aussi, très dur même. Mon père était journalier vous savez… C'était assez misérable, là-bas…

Il fit un nouveau geste de la main.

– … dans l'arrière-pays… dans la Drôme, vous voyez ? Sec, trop sec. Je ne l'ai pas bien connu… Mais on m'a raconté… le pauvre vieux… On m'a dit aussi pour votre… accident, le matelot disparu… C'est moche, mais vous n'y pouviez rien, pas vrai ?

Le bavard avait l'air sincère, il avait l'air sympathique, le salaud ne se forçait même pas. Alors Caroff fit un effort intense et désespéré pour déceler une pointe de mépris dissimulée dans tous ces mots aimables, pour pouvoir commencer à haïr vraiment ce péroreur trop bien coiffé, trop bien lustré, comme un miroir inversé de ce qu'il était lui : une andouille, un pauvre type, un macaque crevant d'envie de se gratter le cuir. Il traqua l'expression, le mot qui pourrait justifier et libérer sa colère, qui détendrait enfin son bras de cette tension douloureuse, qui verrait ce saligaud rouler à terre sous ses coups. L'autre le regardait toujours, songeur. Impossible de bouger. Il fourra sous la table ses poings tremblants, noués à lui donner des crampes, il sentait des larmes de rage lui venir, sur le point de sourdre, comme une voie d'eau. Il se sentit mal, le cœur glacé, son visage cuisant, comme le jour où il s'était frotté la figure après avoir saisi à pleine main comme un con une méduse urticante prise dans un filet.

L'autre avait froncé les sourcils, hésitant, incertain sur la signification précise qu'il devait donner à l'expression soudaine qui avait tordu ses traits. Sa voix était plus sèche, impatiente maintenant.

– Dites, je parle, je parle. Vous ne dites RIEN ? Il faut vous décider MAINTENANT, mon vieux.

Les mots acérés venaient trancher dans sa résolution, la mettaient en pièces, la désossaient.

– Vous me regardez. Et c'est tout ? Ho ! C'est TOUT ?

Il ponctuait chacune de ses phrases d'un coup d'index sur la table qui faisait vibrer les tasses, entraînait chez Caroff des sursauts irrépressibles. Il voyait sa dignité se faire découper sous ses yeux, comme un carpaccio de lui-même. Le refus carré et brutal qu'il avait imaginé formuler tombait en pièces avant même d'avoir été énoncé, détruit dans l'œuf, martelé, écrasé, anéanti. L'index revenait à la charge.

– Vous ne dites rien hein ? En fait vous avez raison, c'est INUTILE. Vous M'ENTENDEZ ? Parce que VOUS êtes là, à m'écouter. Parce que vous n'avez plus RIEN ! Parce que vous êtes VENU à ce rendez-vous, de vous-même. Votre présence ici SUFFIT. Comme une signature sur un CONTRAT. Comme une PROMESSE qui nous lie. VOUS et MOI.

Chaque mot entendu était un coup de masse, une petite explosion au plus profond de ses entrailles, un effondrement, un coup de grâce.

La tempête s'apaisa. Une minute passa. Le visage pincé, tendu en avant et plissé de colère qui lui faisait face se détendit autour des lèvres, du nez, des yeux, puis un nouveau sourire se déroula, large et lisse, s'ouvrit comme une fermeture Éclair, froide et métallique.

– Vous allez le faire. Au fond de vous vous le savez. Parce qu'il le faut. C'est tout. Pour moi, évidemment, parce que je vous le demande, mais pour votre bien aussi…

L'homme reprit une position plus relâchée et son regard se perdit à nouveau dans le tableau mouvant, émeraude, blanc et gris du plan d'eau au-dessous d'eux.

– Pour une vie plus facile. Un avenir envisageable, les enfants, tout ça, vous voyez…

Il refit le même geste insupportable de la main et hocha la tête encore une fois en s'écoutant parler, content de lui.

– Envisager un avenir, ce n'est pas rien… Non, ce n'est pas rien.

Il laissa passer quelques secondes, entrouvrit brièvement les lèvres mais renonça, trop satisfait de sa dernière tirade. Alors il se leva et enfila un manteau de cuir luxueux, épais, odorant, comme la preuve magnifique de l'être supérieur qu'il était. Il posa une main lourde sur l'épaule de son vis-à-vis hébété, le regard vide. Il pesa encore un peu plus, serra fortement le muscle crispé, et chuchota à son oreille tout en lui fourrant une enveloppe dans une poche.

– Je ne vous veux aucun mal mais ne vous méprenez pas. Reculer maintenant, c'est sauter dans le vide, dans le néant. Comment vous dites déjà ? « Faire son trou dans l'eau », voilà, c'est ça. On y est. Vous m'appelez, demandez monsieur Delmas.

L'emprise sur son épaule cessa. L'autre avait disparu de son champ de vision. Il sentait une brûlure jusque dans la clavicule. Des molécules parfumées flottèrent un instant dans l'air, puis finirent par se dissiper, elles aussi. Son regard erra autour de lui sans trouver d'accroche, puis se focalisa enfin sur la tasse vide, souillée de marc, que l'autre avait utilisée.

Pas besoin d'être un foutu devin pour y lire la promesse sombre et amère de ce qui l'attendait.

Chapitre 3

GAËLLE ET MARIE

Caroff eut le plus grand mal à quitter le café, et pourtant tout l'agressait ici et le poussait à fuir : les échos du monologue menaçant qu'il venait de subir, la gueule en biais du patron, le sentiment d'être la tache que tout le monde remarque. Même la vue magnifique lui donnait des haut-le-cœur. Il réussit quand même à se lever, tituba vers la sortie. Il gagna sa voiture, une Golf de dix-huit ans, mais renonça à insérer sa clef dans la serrure tant sa main tremblait. Il abandonna même l'idée de prendre le bus, et commença à marcher sur la contre-allée vers le port de commerce distant de plusieurs kilomètres. Il fut dépassé par un joggeur qui se retourna sur son apparence étrange tant il avait de mal à coordonner bras et jambes, le visage tétanisé par des crampes insupportables au niveau des mâchoires et dans la nuque. Continuer longtemps ainsi n'était simplement PAS possible. Il dut s'arrêter au bout d'une vingtaine de mètres, au premier banc, à bout de souffle d'avoir lutté contre le vent encore fort. Il haleta un long moment, ponctué de plusieurs quintes de toux très douloureuses. Peu à peu pourtant il retrouva la maîtrise de ses sens, la régularité de son souffle. Il commençait à sortir de cette bulle de stupeur anesthésiée qui l'avait gobé. Il ressentait enfin le froid vif des courants d'air, comme une palpation brutale et indécente sur son visage, son torse, son bas-ventre, ses jambes. Il percevait le grain du banc de ciment sous ses doigts, la chaleur soudaine sur le front exposé aux rayons du soleil. Son cœur s'apaisait. Il remonta la fermeture de son blouson, se prit la tête dans les mains, penché en avant et ferma les yeux. Les buissons de tamaris autour de lui ployaient sous la brise, bruissaient et crissaient. Il perçut le tintement d'une sonnette de vélo, quelques cris joyeux de gamins un peu plus loin, un maître qui sifflait et appelait son chien. Quand il rouvrit les yeux, la crise était passée. La lumière était toujours aussi vive, illuminant de vert émeraude le clapot court et vif de la rade. Quelque chose de très rapide traversa son champ de vision : un homme casqué, vêtu d'une combinaison noire, tracté par une voile rouge sang. Perché à un mètre au-dessus du plan d'eau sur un foil, il fendait l'espace en toute décontraction, un bras relâché le long du corps, l'autre tenant le palonnier. Il arriva de l'autre côté en deux ou trois minutes, à pleine vitesse, et ça n'allait pas faire un pli, il allait s'écraser sur l'enrochement là-bas. Mais évidemment non, l'homme vira avec une fluidité déconcertante et superbe, et revint vers lui, toujours à fond de train. Caroff réalisa qu'il avait sous les yeux tout ce qui lui avait manqué jusqu'à ce jour : la perception juste de son environnement, l'équilibre, une vraie résolution, et enfin, la faculté de décider du moment parfait pour virer de bord, changer de trajectoire et repartir. Il se remit sur pied, et accepta la force du vent dans son dos comme une injonction nécessaire à revenir sur ses pas et à reprendre le cours de sa vie. Il ne s'arrêta pas cette fois avant d'avoir atteint son véhicule, démarré, et pris la direction de chez lui.

La Golf s'arrêta au fond d'une impasse, en arrière du port de commerce, sur une sorte de terrain vague jouxtant un entrepôt abandonné. Là se tenait un mobil-home hors d'âge posé sur des parpaings. Verdi par le temps et l'humidité, il tremblait et vibrait sous les coups de boutoir des rafales qui retrouvaient de la force dans le jour déclinant. Un nouveau train dépressionnaire allait fondre sur la côte, la ville. Caroff avait trouvé cet endroit écarté pour se soustraire à la vue des autres, pour se cacher, se planquer. C'était réussi. Le facteur ne venait pas ici. On lui avait signifié la nécessité d'ouvrir une boîte postale en ville. Il n'y allait jamais. Il resta un instant, penché sur le volant à regarder en face les signes évidents du tour désastreux qu'avait pris son existence.

Mais il voyait également autre chose, de plus important, de plus fort, quelque chose d'essentiel qui occultait cette misère matérielle et lui redonnait de la chaleur au ventre toutes les fois comme aujourd'hui où il rentrait, happé par la vie, mâché, puis recraché…

Il y avait une silhouette occupée derrière la fenêtre de plexiglas de la kitchenette. Il réussit à distinguer la ribambelle de papier argenté que sa fille avait découpée et accrochée l'autre jour pour fêter son anniversaire. Il voyait son petit vélo couché par le vent à côté de la pauvre structure de plastique et d'aluminium. Il voyait et se rappelait le jour où il était allé le chercher dans cette boutique caritative, comment la personne l'avait emballé soigneusement, comment il l'avait transporté jusqu'à « la maison », pour finalement laisser la petite saccager joyeusement le paquet volumineux. Il avait dû sortir, et relâcher ses larmes quand, dans son dos, sa gamine avait pépié de joie, ri et avait réclamé qu'on aille au parc, là, tout de suite alors qu'il faisait nuit noire. Toute sa vie était là. Sa femme, sa fille.

– Papa !

Elle franchit en deux pas l'espace restreint entre la banquette et la porte, et se jeta sur lui, s'agrippant à sa taille, et travaillant ardemment des mains et des jambes pour grimper comme la petite bestiole résolue qu'elle était jusqu'à son visage, et pouvoir enfin lui planter un baiser sur la joue. Elle l'enserra de ses bras sans plus rien dire et ils restèrent là, silencieux et aimants, et heureux, tandis qu'autour d'eux la bicoque gémissait et craquait de tous ses vieux os.

Il la reposa au sol avec une grande douceur, elle repartit d'un bond se nicher sur la banquette où elle s'enfouit dans une couverture, bientôt rejointe par un chaton blanc sautillant. Elle le prit des deux mains et disparut en riant avec lui sous le tissu épais et moelleux.

Une petite radio fredonnait de la variété sur l'étagère, en sourdine. Il y avait une marmite posée sur le brûleur du réchaud de la kitchenette. Quelque chose de bon, d'onctueux et d'épais mijotait doucement. Il fit deux pas jusqu'à la silhouette menue qui se tenait devant le plan de travail, une cuiller de bois à la main. Elle se retourna et lui sourit, une larme brillante sur le point de perler, de rouler. Il leva la main et effleura la joue de sa femme en une caresse douce, cueillant la larme au passage, puis l'enlaça. Elle ne disait rien. Il ne disait rien. De sous la couverture on entendait des ronronnements et les bribes de la conversation qu'entretenait la petite fille avec son chat.

Elle lui murmura à l'oreille.

– Tu l'as vu ?

Il opina sans rien répondre. Elle, dans un souffle :

– Alors ?

Caroff haussa les épaules, la repoussa doucement et sortit l'enveloppe de sa poche. Il la posa sur le plan de travail et s'assit à l'autre bout de la banquette. Elle, toujours debout, regardait l'enveloppe de kraft marron, le regardait lui. Lui, la regardait en retour, détendu maintenant qu'il avait pris sa décision.

Elle haussa les sourcils en une moue interrogative, les mains ouvertes. Il hocha la tête. Elle lui tourna le dos et se pencha vers la vitre, vers la nuit noire dehors, vers le halo confus du lampadaire qui marquait là-bas le début du territoire des hommes. Il se leva alors et vint jusqu'à elle, à côté d'elle. Il posa une main sur la sienne, et dit à voix basse :

– Je vais le faire, Marie… Seulement si tu es d'accord… Je crois qu'il faut le faire. Ensuite… on verra. On verra bien.

Elle le regarda à nouveau, bien en face, les yeux secs cette fois.

– Oui. D'accord. C'est bien.

Il la serra dans ses bras. Bon Dieu, comme elle l'avait regardé…

Une tête blonde émergea soudainement de la couverture, les joues rouges, les cheveux en bataille.

– Maman ! J'ai faim, j'ai très faim ! J'ai très, très faim !

Il se sépara de sa femme, coupa le gaz sous la gamelle et dit joyeusement :

– On s'habille les femmes, on mange dehors !

La petite éclata de rire, en répétant :

– Les femmes ! les femmes !

Puis, inquiète :

– Mais papa, il pleut dehors !

– J'ai dit, on mange dehors, les femmes ! On va chez Mac Dibben's !

La petite le regarda un instant, regarda sa mère, bouche bée, puis sauta au sol en criant de joie. Elle s'arrêta tout net, fit volte-face.

– On emmène Aspro ? Non ? Je ne crois pas hein ?

Elle se retourna vers la bestiole sans attendre la réponse.

– Bon, désolée Aspro, tu restes là !

Et elle se précipita tout entière dans un placard d'où elle jaillit une seconde plus tard, affublée d'une écharpe et d'un bonnet.

– Prête !

Sa mère se tourna vers Caroff.

– Tu es sûr ?

Il tapota l'enveloppe du doigt.

– Non, je pensais… Tu sais… On risque de croiser des gens.

– Ouais, ben, il va falloir qu'ils s'habituent à nous revoir. Les choses doivent changer tu sais.

Puis, se tournant vers sa fille et s'accroupissant à sa hauteur :

– Dis donc jeune fille, il faudrait prendre soin de ton vélo, je l'ai vu par terre dehors sous la pluie. Ce n'est pas bien. Tu n'en veux plus ?

La fillette baissa les yeux.

– Si papa. Il me plaît beaucoup, je vais le ranger.

– D'accord, on va le faire ensemble. C'est parti !

Ils firent le trajet à pied, emmitouflés et serrés les uns contre les autres dans les bourrasques. Les deux parents se passant l'un l'autre un paquet gigotant et rigolard.

L'entrée dans le restau ne fut pas une mince affaire tant l'affluence était grande.

– Ne me lâche pas la main, chérie, on va traverser la salle et aller s'asseoir derrière.

Ils se regroupèrent tant qu'il était possible pour se frayer un chemin parmi les clients agglutinés devant le bar, et il finit par prendre sa fille dans ses bras. Il entendit plusieurs remarques désagréables quant à la présence de sa petite fille à cette heure dans ce lieu, mais surtout il croisa le regard étonné puis hargneux d'un ou deux types qui l'avaient reconnu. L'un d'eux commença même à l'interpeller, arrêté dans son élan par un autre gars qui lui désignait la fillette dans ses bras. Le premier laissa tomber et retourna à sa bière, en rage. Il les perdit de vue mais le mal était fait, tôt ou tard il allait devoir se les coltiner.

– Alors ma fille, qu'est-ce qu'on mange ?

La fillette sortit de l'observation abasourdie de ce lieu extraordinaire qu'elle avait minutieusement entreprise, et commença à déchiffrer lentement, avec beaucoup de concentration la carte accrochée au mur. Elle ânonnait, tout en plaquant sa petite main sur la bouche de son père pour l'empêcher de souffler. La petite serveuse brune attendit, souriante, la fin de leur jeu, puis s'approcha d'eux.

Ils avaient terminé le repas et la petite fille, repue et bercée par le brouhaha constant s'était endormie, pelotonnée dans les bras de sa mère. Ils buvaient un café, et se regardaient. Elle lui toucha le bras et parla doucement.

– Alex est passé. Pour le loyer.

Il lui sourit.

– Je sais. J'irai demain.

– Au fait, ça fuit toujours sous l'évier. Pense à la poste aussi parce que…

Il l'interrompit, apaisant, résolu.

– Oui, c'est sur ma liste, j'irai à la poste. Et il faut également que j'appelle pour le moteur. On devr…

Elle lui toucha le bras de nouveau, un avertissement cette fois. Il tourna la tête. Deux hommes approchaient, le visage fermé. Les deux gars de tout à l'heure, des gueules de grands singes, l'humanité dans le regard en moins. Le premier se pencha sur eux, les poings posés à même la table.

– Dis donc, Caroff, t'es interdit de séjour ici, ducon ! T'avais oublié ?

L'homme qui parlait était ivre, lourd et massif, les yeux jaunes. La main de sa femme pesait plus fort sur son avant-bras crispé.

– La petite dort. Parle moins fort s'il te plaît.

L'autre écarquilla les yeux, sembla découvrir la tignasse blonde qui émergeait, ne sut plus que faire. Il leva lentement une main et pointa un index sur lui. Il avait inconsciemment baissé la voix. Une petite victoire.

– Si tu te repointes dans le coin tu peux être sûr que ça se passera autrement. Tu vas morfler mec. Dégage maintenant ! T'as plus rien à foutre ici !

Il le toisa. Son cœur s'était un peu emballé et il sentait la pulsation d'une artère dans son cou mais il n'avait pas peur, il était juste excité, prêt à sauter à la gorge de ce pauvre type. Marie l'avait senti et le maintenait toujours. Du coin de l'œil il repéra la serveuse qui regardait dans leur direction, inquiète. Dans deux secondes elle irait chercher son patron et il y aurait un moment vraiment pénible à vivre, là, devant tout le monde. Il ne voulait pas d'esclandre, pas de rixe. *Par pitié, pas ce soir*.

Il lâcha prise, regarda sa femme et sa fille et répondit paisiblement à l'autre sans le regarder, sans lui donner l'étincelle qui mettrait le feu aux poudres.

– J'attends l'addition. Après on ira coucher la petite. Ça te va ?

Les deux types restèrent figés un instant, et tournèrent les talons, furieux, l'insultant à nouveau. La brunette avait repris son ballet entre les tables, personne n'avait rien remarqué. Il souffla.

Demain serait un autre jour.

Chapitre 4

JOSETTE ET RENÉ

C'est la colère qui avait réveillé Brieuc, une onde brûlante qui l'avait parcouru de la tête aux pieds, très tôt, bien avant que le réveil ne sonne. Allongé sur le dos, les yeux grands ouverts, l'esprit instantanément clair, il sentait chaque cellule de son corps tenter d'évacuer cette chaleur en excès. Il rejeta le drap, excédé. Il ne se souvenait d'aucun rêve mais sa frustration de la veille était bien là au rendez-vous, dure et palpitante contre son ventre. Il inspira et souffla longuement, referma les yeux et constata encore une fois qu'il avait conservé le même côté du lit, l'autre moitié restant froide et lisse. Il passa lentement un bras dans cette étendue trop fraîche, trop vaste, qu'il n'osait pas investir complètement, main à plat, doigts largement écartés, et resta un moment ainsi, éprouvant dans le même instant étrange la chaleur qui pulsait dans son autre main refermée autour de sa dureté, cette tension sans objet, exaspérante et presque douloureuse, et le froid, là, dans son bras, cette autre partie engourdie de lui-même. Alors il desserra les doigts, l'esprit tout entier concentré dans sa main opposée, immobile et fraîche et frémissante. Il attendit un moment qu'un équilibre s'installe progressivement, que son flux artériel se résigne à d'autres priorités, résistant à l'envie de frotter sa paume, ses doigts contre le coton, laissant simplement travailler son cœur et son sang. Puis il ramena doucement ses mains sur sa poitrine, et resta encore un peu ainsi, comme un gisant, finalement apaisé.

Quand le réveil se déclencha dans un bourdonnement insistant il se leva sans plus attendre, passa rapidement dans la salle de bains attenante à la chambre, et ensuite but une citronnade chaude à la cuisine, le dos appuyé contre le bar, face à la baie vitrée, calme. La rade était encore obscure bien sûr. Il voyait les scintillements, les clignotements des cardinales, les balises rouges et vertes du chenal, les feux de route d'un navire de belle taille qui traçait sa route dans la nuit vers le large. Il jeta un coup d'œil au baromètre, c'était mieux, comme annoncé. Il gagna une petite pièce sur l'arrière de la maison, alluma la radio préréglée sur la tranche d'information 5h/7h, et enfourcha son vélo d'entraînement pour une demi-heure de transpiration progressive et intense pendant laquelle il ne pensait jamais à RIEN.

Il arriva au bateau une heure plus tard, le jour pointait. Il portait une veste de mer, et avait une salopette, des gants et tout un tas de vêtements chauds de rechange à bord, mais sous sa veste il s'était habillé un peu comme un marin de la navale : chaussures montantes noires aux semelles antidérapantes, pantalon noir, pull bleu marine, chemise blanche impeccable, rasé de près, le cheveu court, avec juste assez de gris pour inspirer confiance. Bon, il n'avait jamais été marin d'État, et c'était sa première course mais il se sentait prêt, il était prêt. Une fois à bord, il déposa un sac avec son déjeuner dans la petite cambuse. Il disposait d'un modeste réfrigérateur, d'un double réchaud sur cardan, de rangements divers, et d'eau potable sous pression. Retour dans la timonerie, il mit le contact, fit couiner le démarreur, lança les deux moteurs qu'il laissa tourner à bas régime, vérifia le bon fonctionnement du circuit de refroidissement, alluma son électronique de bord au grand complet, radar, sondeur, anémomètre, système anticollision, VHF, traceur GPS, la totale donc, et activa la route qu'il avait programmée et contrôlée la veille. Une vérification de principe de la météo du jour sur sa tablette connectée au réseau wifi du port, et il n'y avait plus qu'à larguer. Non, il mit d'abord en marche les feux de route et le chauffage de la timonerie, un système à air pulsé très efficace. Maintenant il pouvait larguer. Il rajusta sa veste de quart, passa des gants et sortit sur le *catway*. Le vent écartait le bateau du ponton, parfait, il décida de larguer d'abord la pointe avant, et l'étrave commença doucement à s'orienter vers la sortie de l'épi. Sans tarder, il s'occupa de l'arrière et regagna le poste de barre, enclencha une marche avant lente et le Dervinis 1 000 se mit à brasser à gros bouillons l'eau noire derrière lui. Le temps de sortir du port, Brieuc resta debout à la barre, attentif à tout ce qui pourrait déboucher des nombreux pontons parallèles ou perpendiculaires qui occupaient le vaste plan d'eau, bien qu'à cette heure-là, et par ce temps, il n'y eut pas foule. Il écoutait attentivement le bruit sourd des deux moteurs, cherchant à détecter la moindre anomalie. RAS. Rien non plus d'alarmant au tableau de bord. Il embouquait maintenant le chenal de sortie du port, et poussa légèrement les manettes de gaz. Il attrapa le combiné de la VHF, sélectionna le canal 9 :

– Capitainerie de Taxi Rade Services.

Murmure électronique, puis…

– Taxi Rade Services de capitainerie, j'écoute.

– Bonjour, je sors. Bonne journée à vous.

– Merci, à vous aussi.

Il reposa le combiné. Il n'avait pas reconnu la voix, il aurait le temps d'apprendre. Ses visites régulières à la capitainerie les semaines précédentes avaient contribué à le faire connaître et il ne doutait pas qu'avant longtemps on l'appellerait par son prénom, mais plus on entendrait son indicatif sur les ondes, mieux ce serait. Il pouvait accélérer maintenant, il passa de 3 nœuds à 6, puis à 10, à mesure qu'il s'éloignait et gagnait les eaux libres du milieu de la rade. Le bateau allait bien contre le clapot, sans taper. Il l'avait longuement testé depuis un mois, et il en était très content. La carène en aluminium épais accrochait très bien dans les virages, le bateau était insubmersible, assez confortable, très robuste, suffisamment puissant pour entreprendre des trajets semi-hauturiers sans problème. Il pouvait envisager sereinement tout type de course dans, et à l'extérieur de l'abri de la rade. Bon, restait à rôder le bonhomme, et surtout toutes les manœuvres de port, accostages, sorties de postes, évolutions à basse vitesse. Il avait une connaissance de la mer assez fine, mais partielle, et savait par expérience qu'on était sans cesse en apprentissage, quel que soit son passé. Déjà le goulet était en vue. Comme prévu, il opta pour le côté gauche, qu'il rejoignit, sitôt passée La Cormorandière, une roche qui découvrait à marée basse et où les veines de courant atteignaient leur maximum de puissance. Il dépassa un petit chalutier qui faisait route. Il le salua d'un bref coup de corne. Le gars lui répondit de la même façon. La règle générale était de se tenir à distance, d'anticiper sur leurs manœuvres autant que possible, et d'être poli. Les berges pentues du goulet défilaient régulièrement, ponctuées de fortifications allemandes, ou plus anciennes encore. Bientôt, il avait la balise Mengam à sa droite, un danger isolé en plein milieu du goulet, bien connu des plongeurs pour les vieilles énormes comme des mérous qui rôdaient autour de cette roche. Un petit coup de sud-ouest et il passait les Capucins. Le port de Camaret n'était plus qu'à 2,5 milles à la louche, autant dire qu'il était arrivé. La côte dans l'anse de Camaret perdait de la hauteur et formait une belle courbe ourlée de quelques plages. C'est là que le 18 juin 1694, une flotte anglo-hollandaise, dans le but d'attaquer Brest, avait tenté un débarquement qui s'était soldé par un massacre des assaillants sur les grèves. La tour Dorée bâtie par Vauban qu'il avait en point de mire avait largement contribué à faire échouer l'attaque. Il avait lu quelque part que l'architecte militaire lui-même avait assisté à la boucherie.

Il prépara son arrivée, avertit le poste dc la capitainerie qu'il faisait un arrêt d'une heure au ponton visiteurs, et soigna son approche. Il voulait s'amarrer sous le vent, pour repartir aussi aisément qu'il avait quitté son emplacement un peu plus tôt. Personne pour lui donner la main, il fit alors un tour lentement dans l'avant-port, le temps de préparer une garde descendante, puis approcha le ponton à vitesse encore plus réduite, le longea sur trois mètres, sortit brièvement, et passa à la volée la boucle de la garde à une bitte. L'aussière se tendit doucement, il maintint la marche avant lente en donnant un léger coup de barre à gauche qui plaqua l'arrière contre le ponton. Le bateau en appui et immobile, il ne restait plus qu'à passer les pointes arrière et avant, qui suffiraient à le tenir en attendant son client. C'est à ce moment qu'arriva le responsable du port, un petit bonhomme tranquille, les mains dans les poches. Il était certain que l'homme avait observé de loin toute sa manœuvre. Il arriva près de lui et hocha la tête, validant ainsi sa première arrivée.

– Alors c'est vous Taxi Rade Services ? Vous venez prendre un café ?

– Ouais, c'est moi. Il lui tendit la main. Je m'appelle Jos, Jos Brieuc. Et c'est oui pour le café.

– Brieuc hein ? Moi c'est Henri Le Bras, lui répondit l'autre en lui prenant la main. C'est moi l'patron ici. Pouvez laisser ouvert, j'ai l'œil.

– D'accord, je coupe quand même les bourriques.

Ils remontèrent vers les locaux de la capitainerie en discutant météo et de l'avantage des moteurs couplés à embase Z-drive. Deux minutes plus tard ils étaient passés au tutoiement. Jos parlait assez peu mais il avait la faculté très précieuse d'adapter son langage à ses interlocuteurs, et il écoutait très bien, permettant à qui en ressentait le besoin de s'entendre discourir autant que nécessaire. Et là, c'était vraiment indispensable.

On lui servit un grand mug de café tout en lui tirant gentiment les vers du nez. Il dut raconter son passé récent, affronter des regards interloqués et expliquer son installation. Tout le monde s'accordait quand même sur la pertinence de son idée, et exprimait son étonnement amer de ne pas l'avoir eue plus tôt à sa place. De son côté il demanda des précisions à Henri sur son premier client, monsieur Duros. Il apprit que celui-ci, un ancien agent des douanes, était bien connu ici. Propriétaire d'un petit canot de pêche, il passait le plus clair de son temps de pensionné sur les quais et dans les cafés du port. On lui avait diagnostiqué un cancer du poumon il y avait quelques années, opéré à l'époque avec succès, mais on suspectait aujourd'hui une récidive. Il se rendait à l'hôpital régulièrement pour ses soins et examens. Quand il avait appris la possibilité offerte par Jos, il n'avait pas hésité une seconde.

– C'est sûr, tu comprends, choisir entre 1 h 30 de trajet ou une demi-heure avec toi… À mon avis tu vas en avoir plus d'un des clients comme ça…

Les gars hochèrent la tête.

– Bon, je ne sais pas quoi dire… J'espère qu'il va supporter la route, ça secoue quand même parfois.

Henri lui tapa dans le dos en souriant.

– T'inquiète, il est solide. Et tu vas voir, c'est pas un triste le René.

Monsieur et madame arrivèrent à l'heure dite, la voiture conduite par cette dernière, et ils marchèrent dans le vent, appuyés l'un sur l'autre. Ils se redressèrent à son approche. Jos les salua cordialement, les aida à emprunter le ponton un peu glissant et les fit monter à bord par l'ouverture prévue à cet effet dans le bastingage. Il avait remis entre-temps les moteurs en route et il put les installer dans un certain confort tout près de lui, à portée de voix. Ils étaient au sec et au chaud. Il leur montra comment attacher la ceinture de sécurité de leur siège. Henri était encore là, témoin de sa sollicitude efficace. Il largua cette fois pour lui les deux amarres à son signal et leur fit signe de la main. Les Duros lui répondirent timidement d'un petit geste furtif, un peu gênés. Jos fit demi-tour puis entama le voyage inverse de celui du début de matinée. Il laissa quelques minutes ses passagers s'habituer au mouvement du bateau puis se retourna vers eux.

– Vous êtes bien installés ? Je vais faire de mon mieux pour rester à plat, on est à l'étale ça devrait aller mais…

Duros se redressa et lui répondit que ça irait. Qu'il avait le pied marin, étant lui-même pêcheur depuis toujours. Jos attrapa la perche qu'on lui tendait, et une conversation de pairs s'engagea vite entre eux. Jos le questionna sur son bateau, un Forban Bénéteau d'une quarantaine d'années, reconnut les qualités de ce petit « canote » bien diffusé, lui demanda ses habitudes de pêche. Duros en connaissait un bout, c'est sûr, même s'il se contentait de tracer des ronds, des petits ronds, dans l'eau entre la pointe Saint-Mathieu, le Toulinguet et le Petit Minou. Il détaillait, l'œil vif, quelques anecdotes précises et un peu emphatiques. Jos opinait avec bienveillance, surveillait sa route. Des cormorans étaient en chasse. Ils en dérangèrent un ou deux qui plongèrent à leur approche. Il vit aussi un fou de Bassan qui partait vers le large. Il crut même distinguer l'éclat bleu de son œil si particulier cerclé de noir, de gris, et la coiffe jaune. Il le montra de la main tendue mais personne ne sembla remarquer son geste. Madame Duros avait tourné la tête et semblait absorbée par le paysage. Elle ne perdait pour autant pas une miette de la conversation, plutôt du monologue de son homme. Il remarqua bien vite quelques expressions d'une grande tristesse autour de la bouche et des yeux à l'écoute de son mari, de ses exploits passés. Elle se retourna bientôt vers lui et lui posa la main sur le bras pour lui dire de se calmer, dans un geste de consolation désolée. Alors il s'arrêta tout net, heureux d'avoir l'espace d'un instant replongé dans des souvenirs précieux. La seconde suivante son visage se fermait, bouleversé sans doute par la perspective de ne plus jamais pouvoir revivre pleinement ces instants, ses yeux se brouillèrent. Il resta un moment droit comme un i, le regard pointé loin devant, puis il demanda, tout à trac :

– Le Bras a dû vous dire pourquoi nous allons à Brest aujourd'hui, non ?

Jos opta pour une réponse en demi-teinte prudente.

– Oui. Il m'a parlé d'une visite médicale.

Duros renifla. Sa femme lui lança un regard réprobateur appuyé dont il ne tint aucun compte.

– Une visite médicale, c'est ça.

Il eut un petit rire.

– C'est complètement ça ! Y a plus grand-chose à visiter mais bon ! Ils y tiennent ! Ils veulent voir quand même. Pas vrai Josette ? Ils sont cons. La plupart l'ont déjà faite la visite. Guidée hein, et tout et tout, de la cave au grenier…

Et il repartit dans un rire qui se libérait progressivement. Sa femme lui donna un petit coup de coude, mais un sourire lui vint aux lèvres aussi. Il s'en rendit compte et en remit une couche.

– Tout ça, c'est le crabe qui prend sa revanche ! Pas étonnant ! Faut voir comme on en a boulotté toutes ces années, hein Josette ? À chacun son tour !

Sa femme secouait la tête, un sourire aux lèvres quand même. Ils s'étaient rapprochés. Elle sortit un mouchoir en tissu d'une poche et essuya doucement les yeux et la bouche de son mari. Elle avait la main ridée d'une vieille femme. C'était une vieille femme, et un vieil homme. Ils se turent. Il y eut une brève quinte de toux puis le calme revint. Pendant trois minutes, on n'entendit plus que le ronflement des moteurs, le bruissement particulier de l'eau contre le bordé, les bips de l'électronique et quelques claquements de poches d'air comprimées sous la coque par une vague. Duros reprit doucement.

– Vous savez, quand ça arrivera, je veux me faire incinérer. Vous savez pourquoi ?

Sa femme était fâchée cette fois. Il insistait quand même.

– Alors, vous savez pourquoi ?

– Franchement non, monsieur Duros, je ne sais pas. Attention, ça va secouer un peu.

Ils se turent, le temps que passe l'onde laissée par un bateau qui transbordait les militaires de Brest à l'Île Longue. Brieuc remarqua un cargo en attente, un peu à l'écart.

– Pour qu'on puisse dire : « Il aura fumé jusqu'au bout ! »

Et il repartit dans un rire solitaire cette fois. Sa femme s'était détournée et Brieuc ne voyait plus son visage. Il était temps qu'ils arrivent. Le quai était presque en vue. Le rire de Duros s'était tari. Brieuc se tourna vers ses passagers. Ils ne se regardaient plus, ils avaient les yeux vides, le visage tiré vers le bas d'une vilaine façon. Ils se turent tous jusqu'au moment où il termina l'accostage à un quai du port de commerce et les aida à prendre pied sur la passerelle d'accès à la terre ferme. Ils convinrent de se retrouver en milieu d'après-midi. Brieuc leur souhaita bon courage, et prit le temps d'évacuer le demi-litre de café bu avant le départ avec Le Bras. Le ciel était bas mais il ne pleuvait pas, la brise restait soutenue. Il remonta à bord, largua rapidement, gagna le milieu de la rade, et alla fouiner du côté du cargo qu'il avait repéré. Il allait le contacter par la VHF, mais c'est sa propre radio qui crachota en anglais sur le canal 16. Malgré l'accent de son interlocuteur, il reconnut sans mal les mots « taxi » et « services ». Il répondit, indiqua un canal de dégagement, et poursuivit la conversation avec l'homme. Un aller-retour rapide de plusieurs marins russes pour déposer des paquets et faire quelques dernières courses avant l'appareillage ? Oui, très bien. Il retrouva des bribes de cette langue enfouie au plus profond de sa mémoire depuis le lycée.

– Yes, da, eto vozmozhno. Kharacho. Spasiba. *Oui c'est possible. Bien. Merci.*

Quelques minutes plus tard les matelots déboulèrent bruyamment par l'échelle de coupée le long du flanc élevé du cargo jusque sur son pont arrière. Ils n'étaient pas seuls. Quatre jeunes femmes les accompagnaient. *Quelques paquets... Allons bon.*

Les gars les firent monter à son bord précautionneusement, en rigolant trop fort, posant leurs grosses pattes un peu n'importe où. Les filles regroupées souriaient pour la forme en les repoussant avec beaucoup de maîtrise. Cela ne dura pas. Ils étaient gavés, s'agitaient par principe. Ils les laissèrent bientôt tranquilles, s'accoudèrent au plat-bord et se mirent à fumer. L'un d'eux vint vers lui, sortit une liasse d'euros et le régla tout de suite en parlant à toute vitesse. Jos sourit et leva les mains :

– Ah... ya gavariou pa rouski, nie mnogne. Sorry. *Je ne parle pas beaucoup le russe. Désolé.*

– It's OK. Davaï !

Il lui tapa sur l'épaule et se retourna vers ses compatriotes restés à l'extérieur. Brieuc s'écarta du cargo puis prit un peu de vitesse. Il entendit presque aussitôt aller et venir la portière derrière lui, tourna la tête. Une des jeunes femmes venait d'entrer, brune, les joues un peu rouges, assez grande et fine. Elle lui jeta un coup d'œil rapide, un début de sourire tout aussi fugace, s'installa légèrement dans la tiédeur relative de la timonerie sur un des sièges en resserrant le vêtement trop fin sur son corps longiligne puis sortit et chaussa des lunettes de soleil. Elle bâilla discrètement dans ses deux mains réunies et se cala au mieux pour le restant du trajet, les bras croisés sur la poitrine, genoux relevés, les yeux sans doute dans le gris de la rade, songeuse. Brieuc ne montra pas de signe d'intérêt particulier mais ne put s'empêcher de la scruter à la dérobée. Elle le perturbait, le renvoyant évidemment à ce sentiment de manque et de solitude qui s'acharnait à lui ruiner ses petits matins, ses soirées aussi. Elle lui semblait étonnamment élégante, plus que les autres dehors et beaucoup trop pour ces types, gracieuse même dans sa posture un peu inconfortable… Mais évidemment elle n'avait encore rien dit alors impossible de savoir vraiment ce que cette *fille* avait dans la tête… Dans la seconde Brieuc s'en voulut d'avoir pensé cela. *Pauvre con !*

Il sentait qu'il aurait pu facilement s'autoriser à la convoiter et se demanda ce qu'il devait en penser d'un point de vue moral, argumentant silencieusement en pour et en contre, ramené de nouveau à ses fringales régulières inassouvies. Il s'arrêta avant de divaguer plus encore.

Et alors ? Et pourquoi pas ? Tu déconnes mon pauvre vieux ! Tu es complètement à côté de tes pompes !

Il attrapa une couverture dans le coffre sous son siège et la lui tendit sans rien dire. Elle s'en saisit, avec un sourire authentique cette fois, en le regardant vraiment, et reprit sa place contre la vitre. La jeune femme sortit de son immobilité dix minutes plus tard, au moment où il ralentit en entrant dans le premier bassin. Elle se leva, plia soigneusement et posa la couverture sur son siège, remarqua le boîtier en plexiglas fixé sur une cloison où il disposait ses cartes professionnelles. Elle en prit une, l'examina, la fit disparaître dans son sac, et, en souriant, déposa à la place l'une de siennes sur la pile. Il le remarqua et secoua la tête, un peu gêné.

– Merci… Ce n'est pas la peine.

Elle lui posa brièvement la main sur le bras en passant, toujours souriante et répondit simplement :

– D'accord…

Mais elle laissa la carte, écarta le panneau coulissant de la cabine et sortit rejoindre les autres.

Il déposa tout ce petit monde sur un quai en face d'un restaurant et repartit aussitôt vers la rade en forçant un peu trop sur la manette des gaz.

La mi-journée arriva vite. Trois clients l'avaient joint sur son téléphone mobile, l'obligeant à se concentrer et à oublier momentanément ses problèmes d'abstinence forcée : une personne du Fret, en panne de voiture à Brest qui cherchait à rentrer rapidement. L'appareil lui avait aussi relayé plusieurs messages laissés en ligne sur son site pour les jours suivants. Brieuc décida d'aller déjeuner dans l'anse du Fret justement, tout près du site de l'Île Longue et de ses sous-marins nucléaires. Il attrapa une bouée inoccupée, coupa les moteurs, et se prépara à manger. Il se réchauffa rapidement le plat préparé la veille, hublot ouvert, tout en regardant le paysage changeant dans le mouvement de rotation lente du bateau autour de son nez. Le port du Fret était quasiment désert en cette période hivernale. Il connaissait bien l'endroit, savait que beaucoup de plaisanciers brestois en avaient fait un but de promenade régulier en saison. On pouvait y mouiller aisément, sur des fonds sains, l'endroit disposait de deux cales très pratiques, de toilettes bien entretenues et d'un ou deux cafés et restaurants très agréables. Il y avait même des concerts l'été dont les échos animaient le plan d'eau. Il comptait beaucoup sur la clientèle de la presqu'île pour l'été prochain. Pour l'heure, les restaurants étaient fermés, la cale principale déserte. Les seuls mouvements visibles étaient ceux des véhicules qui arrivaient de Crozon et empruntaient la langue de terre étroite bordée à gauche par un étang assez vaste, une roselière, et à droite par l'anse proprement dite. Il se chauffa un petit café et décida de s'octroyer une courte sieste à l'avant. Il ne se déchaussa pas, attrapa sans vraiment le faire exprès la couverture polaire laissée par la jeune femme et s'y emmitoufla. La légère odeur laissée dans le tissu pelucheux et doux lui rappela la carte qu'elle avait laissée en évidence dans le présentoir. Alors il jura, impossible de l'oublier là et d'imaginer Duros, sa femme ou quelqu'un d'autre tomber dessus, alors il se leva et avant même d'atteindre le boîtier, sut qu'il ne la jetterait pas, qu'il la garderait.

Et pourquoi pas, merde !

C'était une carte de visite tout à fait ordinaire. Il la fourra dans une poche. Et voilà, impossible de s'assoupir maintenant… Il jeta un œil à sa montre et se demanda quelle heure il était là-bas. Il ne se souvenait jamais de l'amplitude exacte du décalage horaire. Son dernier coup de fil à son ex-femme datait d'une semaine maintenant et il pressentait clairement qu'il n'y en aurait sans doute plus avant très longtemps, jamais peut-être. La dernière fois qu'il l'avait appelée, en veillant bien à ne pas la déranger en plein milieu de la nuit, c'est une voix féminine étrangère qui avait répondu. Il avait instantanément deviné qu'il s'agissait d'une employée de maison et cela l'avait profondément irrité. On l'avait fait patienter quelques instants et il avait vaguement perçu des pas rapides claquant sur un sol dur. Ces trente secondes d'attente avaient suffi à lui rappeler le fossé social irrémédiable qui s'était installé entre son ex-compagne et lui : la bonne, les talons qui résonnaient sur un marbre probablement hors de prix, même la brise légère dont il croyait percevoir le souffle tiède dans le combiné n'était pas dans ses moyens. Il avait entendu comme un soupir juste avant qu'elle ne se saisisse de l'appareil, et puis sa voix, enjouée. Tout lui revint brutalement et la scène se déroula de nouveau, dans le moindre détail, au mot près.

– Brieuc ! Comment vas-tu ?

Il avait eu une seconde de silence agacé.

– C'est quoi cette façon de parler, tu ne veux plus utiliser mon prénom ?

– Ne sois pas si susceptible. On ne vit plus ensemble mon chéri.

– Oui j'avais remarqué ton absence, *ma chérie*. Et moi, comment dois-je t'appeler au fait ?

– Mmh, justement, tu n'as plus vraiment beaucoup de raisons de le faire… Je te dis cela sans méchanceté mais, enfin, on devrait passer à autre chose maintenant. C'est bien ce qu'on avait décidé non ?

Il avait laissé passer un souffle d'exaspération avant de répondre. Elle avait attendu qu'il parle, répondu brièvement à une question qu'on lui posait, la bonniche encore sûrement ou une de ses amies, impatiente sur la terrasse ombragée en bois précieux, du teck certainement, qu'il imaginait surplombant un jardin luxuriant, un parc plutôt. Il la voyait bien hausser les épaules, écarter les mains vers la personne, et lui dire dans un murmure désolé :

– C'est ENCORE mon ex-mari, ça ne va pas être long…

Il avait repris.

– Tu t'en moques certainement, mais ça y est, je vais démarrer.

– Tu te trompes, je ne m'en moque pas. Je pense juste que c'est absolument incompréhensible, financièrement hasardeux, et pour tout dire assez… médiocre.

– Médiocre ?

– Franchement, trimballer des gens, faire le taxi… On est un peu loin de tes rêves de mer non ? Au moins le projet de transat avait un peu plus de gueule, Jos…

Elle avait senti qu'elle était peut-être allée trop loin, mais elle avait continué, pas moyen de s'en empêcher…

– Quand je pense que tu as vendu la librairie pour ça !

On y était. Elle était en colère à présent.

– *Trimballer des gens ?* Quel mépris... Si je me souviens bien, tu n'avais pas non plus une très haute opinion des libraires. Et puis tu sais très bien que ce n'était plus viable. Il fallait changer.

Elle avait soufflé désagréablement.

– Ah ça, je ne peux pas te donner tort ! Écoute, on ne va pas refaire l'historique de nos incompréhensions mutuelles. Si tu es content c'est très bien mais cela ne me concerne PLUS. Je suis loin de tout cela, j'ai une nouvelle vie. Pourquoi est-ce que tu continues à m'appeler ?

Évidemment, impossible de lui dire sa frustration, de simplement lui répondre qu'il se sentait très seul, qu'il aurait eu besoin d'être encouragé, que les emprunts qu'il avait souscrits le faisaient se réveiller parfois... Elle aurait entendu dans ses mots la confirmation de la pauvre opinion qu'elle s'était forgée de lui au fil de ces années et plus précisément au cours des derniers mois. Non décidément, il ne pouvait rien lui dévoiler de ses doutes, de ses manques. Elle avait complètement raison sur CE point : il fallait qu'il cesse toute communication avec elle.

Ils avaient conclu la conversation sur ce silence prolongé et il avait raccroché, simplement, sans rien dire de plus...

Il ne pensait pas dormir vraiment mais il avait sombré pourtant dans le sommeil, sans s'en rendre compte.

C’est le vibreur de son téléphone qui l’avait réveillé vingt-cinq minutes plus tard, un appel des marins russes de tout à l’heure qui demandaient à regagner le cargo. Après les avoir ramenés, il décida de patienter à terre et d’attendre les Duros. Il vint les accueillir à l’arrêt de bus. Ils marchèrent ensemble prudemment vers le bateau tout en bavardant. Il leur raconta la personne en panne, sa pause au Fret, les marins russes, fit l’impasse sur les filles, promit à Duros de faire le tour du navire avant de quitter la rade.

Il les laissa à Camaret. Il était temps de repartir. René lui serra fermement la main et lui tapa sur l’épaule. Le Bras lui serra fermement la main et lui tapa sur l’épaule. Madame Duros lui serra fermement la main, laissa son épaule tranquille, et l’embrassa sur la joue.

Chapitre 5

FAIS CE QUE DOIS

Caroff également s'était levé aux aurores, alerté par la toux de sa fille, couchée à l'autre bout du mobil-home. Marie commençait à bouger aussi, il lui toucha l'épaule.

– Reste un peu au chaud. J'y vais.

Il se leva, enfila un vieux survêtement qui faisait pitié, déclencha le poêle à pétrole, et alla s'asseoir au bord de la banquette où dormait Gaëlle. Les genoux de Caroff lui faisaient mal. Il alluma la veilleuse posée au sol. La petite fille avait les yeux ouverts et souriait, les joues un peu trop rouges. Aspro était blotti contre elle, au milieu de quelques peluches. Elle chuchota :

– Bonjour papa. Ça gaze ?

Il lui répondit sur le même ton en lui frottant le nez.

– Oui ça gaze, ça roule poupoule. Et toi ça gaze ?

Elle haussa les épaules.

– Bof, pas trop. J'ai mal à la gorge. Je tousse beaucoup.

– J'ai entendu. Tu vas prendre un peu de sirop et on va vérifier si tu as de la fièvre. On ira voir le docteur ce matin.

Il soupira, se leva et ouvrit un placard au-dessus de la kitchenette mais ne trouva pas le flacon de sirop. *Merde.* Une nouvelle quinte de toux secoua la gamine, chassant le chat. Pas de miel non plus. *Merde, merde.* Entre-temps Marie s'était levée. La cafetière avait commencé à crachoter. Elle lui passa devant, lui caressa distraitement le bras, et alla consoler sa fille. Il tira le rideau qui masquait la fenêtre devant la petite table du coin repas. Pas de pluie, moins de vent, mais un ciel bas, lourd et gris. Marie revint, posa la cafetière et deux bols entre eux, et ils s'assirent l'un en face de l'autre.

– Elle s'est rendormie. Je crois qu'elle est chaude.

– Mmh. Oui.

– Je vais aller chez le docteur ce matin.

– On va y aller ensemble.

Elle leva les yeux vers lui et parla d'une voix posée mais résolue.

– Tu n'as pas autre chose à faire ? Je peux me débrouiller. J'irai aussi faire des courses. Tu me laisseras de l'argent. Fais plutôt ce que moi je ne peux pas.

Elle le regarda dans les yeux par-dessus son bol qu'elle tenait à deux mains, les coudes posés sur la table. Stable. Ferme. Il la regardait à travers la vapeur qui montait vers son visage, il la regardait et savait qu'il n'y avait réellement pas grand-chose qu'elle ne puisse faire à sa place. Elle était forte. Plus que lui, beaucoup. Il sentait son assurance rayonner partout dans leur pauvre logis, sur sa fille, sur lui. Elle le regardait toujours, buvant son café à petites gorgées.

– Oui. D'accord.

Il but lui aussi, et énuméra la liste des tâches qu'il avait à accomplir dans la journée. Ce qui lui avait paru insurmontable dans la demi-insomnie de cette nuit commença à s'organiser en un schéma compréhensible à mesure qu'il parlait. Marie, concentrée, opinait, sans l'interrompre, et il perçut à nouveau dans l'écoute attentive de sa femme, l'intensité de sa résolution. Elle emplissait l'espace entre eux, s'infiltrait en lui et irriguait son corps d'une énergie nouvelle à laquelle il ne croyait pas encore tout à fait. Cela fit monter et grandir en lui le souvenir chaud et puissant d'une scène semblable vécue quelques années auparavant. Il revoyait le bistro où elle lui avait donné rendez-vous. Elle l'avait attendu devant une bière, les coudes sur la table, cela l'avait intimidé à l'époque. Ce jour-là, c'est elle qui avait beaucoup parlé. Il l'avait écoutée, subjugué, comprenant qu'elle l'avait choisi en dépit de tout, de l'hostilité de sa famille, de ce qu'il croyait être. Il avait cherché les bonnes raisons qu'elle avait d'envisager une vie avec lui, et il n'en voyait pas beaucoup. Il s'était dit qu'il comprendrait un jour, peut-être, que c'était ça l'amour. Elle l'avait soutenu de toutes ses forces après l'accident, le maintenant à flot quand il ne demandait qu'à disparaître. C'est aujourd'hui qu'il devait lui rendre cette confiance sinon il la perdrait tout aussi sûrement. Cela aussi il le percevait, là, dans son ventre et dans le regard clair et muet qu'elle posait sur lui.

Une boule de poils blanche atterrit sur ses genoux. Le chaton avança une patte hésitante sur la table et commença à lécher sa tartine beurrée à petits coups de langue. Caroff le laissa faire.

Chapitre 6

RÉMISSION

La Golf démarra au quart de tour malgré une courroie qui grinçait horriblement. Elle sentait l'humidité, le gazole et la vieille transpiration dont le siège conducteur était imprégné. Caroff descendit la vitre de son côté et se dirigea lentement à travers la zone portuaire vers un petit chantier qui ne payait pas de mine. L'extérieur était encombré de bateaux mis au sec, d'engins de levage et de machines inutiles en train de rouiller. Il se gara et se dirigea prudemment à pied vers l'entrée, suivi pas à pas de l'autre côté du grillage par un chien, de plus en plus menaçant et agressif à mesure de sa progression.

Il y avait de la lumière dans le bâtiment bas qui jouxtait un hangar vaste et sombre encore. Il s'arrêta devant le portail, le ventre noué, et appela, siffla, ce qui rendit fou le chien. Il se mit à bondir contre le grillage, les crocs jaunâtres pointés vers sa gorge. Pas de réaction dans la bâtisse. Personne. Il se souvint de la sonnette fixée à l'entrée et appuya longuement dessus à plusieurs reprises. Cela sonna dans les profondeurs du hangar. Quelques instants passèrent encore et la haute porte à glissière s'écarta légèrement sans qu'il puisse distinguer qui la manœuvrait. Il agita la main.

– Ho ! C'est Caroff ! Jakez ! Faut que j'te parle !

La porte se referma et il crut qu'il allait devoir repartir bredouille, mais c'est celle du bâtiment adjacent qui finit par s'ouvrir. Un homme grand, d'une soixantaine d'années, en bleu de travail, une casquette de pêcheur sur la tête, une écharpe autour du cou sortit et approcha sans se presser, escorté par le chien qui lui tournait autour en continuant à grogner furieusement dans la direction de Caroff. Il s'arrêta à un mètre du portail, se pencha pour allumer une cigarette puis se redressa. Il le regardait avec curiosité, les sourcils légèrement relevés.

– Faut que j'te parle. Tu me laisses entrer ?

L'homme cracha sur le côté, inspira une nouvelle bouffée.

– Je t'entends très bien d'où je suis. Pas toi ? Et je suis pas sûr que Caruso t'ait à la bonne. Hein le chien ?

Il s'accroupit et caressa le vieux berger allemand qui s'adoucit une seconde puis se remit à gronder.

– Tu dois vraiment puer, Caroff. Ouais, il peut vraiment pas te sentir ce clebs, dis donc. Ça c'est la preuve évidente de son intelligence. Tu crois pas ?

Il se redressa et le toisa. Le chien s'était assis à ses pieds et ne le quittait pas des yeux non plus, les oreilles dressées. S'il ne parlait pas maintenant, l'autre allait tourner les talons et c'en serait fini avant même d'avoir commencé.

– Je suis venu te payer. Enfin, une partie de la somme, la moitié.

Jakez ouvrit des yeux ronds, hocha la tête. Il considéra la cigarette à moitié consumée puis la jeta par terre et l'écrasa soigneusement du bout du pied avant de reporter le regard sur lui à nouveau.

– Pas croyable. C'est la première fois que tu me surprends depuis toutes ces années Caroff, en bien je veux dire.

Il sortit un porte-clés et entreprit d'ouvrir le cadenas qui fermait le portail.

– Je te préviens mon vieux, t'as pas intérêt à t'agiter. T'avise pas de commencer à gueuler, d'agiter les bras ou de lâcher un pet, sinon Caruso t'arrache un bras, si c'est ton jour de chance. Tu vois ce que je veux dire ? Du calme le chien, du calme.

Les deux hommes marchèrent en silence jusqu'au bureau, suivis par Caruso. Ils entrèrent, refermèrent la porte. Le chien se planta devant, assis, immobile.

Il faisait bon à l'intérieur. La pièce était propre et rangée : un bureau, un ordinateur, un meuble à tiroirs, une cafetière dans un coin. Jakez lui désigna une chaise d'un coup de menton. Il s'échauffait tout seul.

– Assieds-toi, et essaye de rien salir pour une fois. On m'a parlé de ta petite sortie chez Mac Dibben's. Ça n'a pas traîné. T'es vraiment inconscient. Je comprends pas comment Marie est encore avec toi, bon Dieu !

Caroff inspira un bon coup.

– Écoute, je te le dis sans m'énerver, alors ne le prends pas mal, mais…

Il reprit une courte inspiration.

– … l'époque où on pouvait m'insulter tous les trois mots… C'est fini ce temps-là… On se parle normalement, ou tu vas te faire foutre, et moi je me casse…

Jakez se pencha en avant, les coudes sur le bureau, les mains jointes, les yeux mauvais. Il resta un instant ainsi à le sonder, puis il écarta les bras, claqua les deux paumes de ses mains sur le plateau et recommença à parler, de plus en plus fort.

– Bon alors c'est comme ça, hein ? Prescription ? On repart pour un tour ? On efface l'ardoise ? Rien à voir ! Circulez ! Allez ! Mais bordel va falloir un peu plus que ta fierté retrouvée à la CON pour changer la donne ! Tu comprends ça non ? C'est pas aussi simple, Caroff !

Il ne répondit pas, lui laissa deux minutes pour redescendre dans les tours. Il sortit l'enveloppe de sa poche intérieure, compta lentement une bonne quantité de billets de cinquante et cent euros. Caroff posa le tout devant lui en tremblant un peu. Il remit l'enveloppe dans sa poche. Le regard de Jakez s'était aiguisé. Le téléphone sonna plusieurs fois dans le silence sans qu'il réagisse.

– Mais d'où tu sors ça toi ? Hein ? Ouais, bon, on s'en fout, c'est pas mal. Mais ça ne suffit pas… et je crois qu'il en reste dans l'enveloppe.

Caroff secoua la tête.

– Faut qu'on mange, Jakez. Mais, écoute, je vais m'y remettre. Je sais que je te dois encore beaucoup, et je te DIS que je vais payer. Il faut que je travaille c'est tout.

Jakez le regarda, évaluant la sincérité de ce qu'il venait d'entendre.

– Tu sais que j'ai essayé de vendre ton rafiot ? Plusieurs fois même. La vérité c'est que PERSONNE n'en veut ! On pourrait essayer de le donner ça serait pareil ! Et pas seulement parce qu'il est à moitié pourri. Il porte la poisse, TU portes la poisse. Tu sais, Caroff, dans une portée de chiots, la mère t'aurait abandonné à la naissance. T'es foireux, foireux jusqu'à la moelle. Personne voudra bosser avec toi. Pas après ce qui s'est passé.

Caroff frémit. Voilà, on y était. Bordel, il remettait ça, pouvait pas s'en empêcher. Sa voix n'était qu'un souffle tremblant.

– Je t'ai dit de pas m'insulter… S'il le faut j'irai seul. Je vais passer aux casiers. Je peux le faire. Mais il me faut le bateau, Jakez…

Son regard se perdit un instant dans le vide.

– … C'était un accident, bordel, juste un coup de pas d'chance. Je vais pas payer toute ma vie pour ça, merde !

Jakez devint blanc et se pencha en avant.

– *Un coup de pas d'chance* ? MAIS il est MORT putain ! Il avait seize ans ! On t'avait dit de PAS sortir ce jour-là. Seulement voilà, t'écoutais JAMAIS RIEN, hein ? Il fallait que tu la ramènes TOUJOURS ta grande gueule ! Il te faisait CONFIANCE ce môme ! CONFIANCE !

Caroff s'était tassé sur sa chaise. Et voilà que ça le reprenait comme l'autre jour avec l'autre enfoiré. Non, c'était pire encore, le sentiment de tomber en lui-même dans un trou sans fond. Un gouffre à l'intérieur, glacial et sombre. Il ferma les yeux, essaya fiévreusement de retrouver le visage de Marie, de Gaëlle, y réussit presque. Le frisson qui l'avait saisi s'atténua, le laissant épuisé. Des larmes silencieuses coulaient, perlaient le long de son nez. Il se redressa un peu.

– Tout ce que tu dis est vrai. Je peux rien y changer… Mais je vais continuer à VIVRE. J'ai une FAMILLE aussi… Et toi et tous les autres, vous savez bien ce que c'est, qu'on doit prendre continuellement des risques, pourtant vous m'avez laissé tomber. Ah oui vous en avez plein la bouche des grands mots, solidarité, communauté… Enfoirés d'hypocrites… Putain oui, vous m'avez bien mis la tête sous l'eau, tous… T'étais pas le dernier d'ailleurs.

Il renifla et s'essuya d'un revers de manche.

– Écoute Jakez. J'ai besoin que tu remettes le moteur en état. Le reste je m'en occupe. Fais ça pour Marie si tu veux. Tu seras payé. Tu ne m'aimes pas ? OK, bienvenue au club, mais moi, je te fais confiance, et je sais que je suis en dette envers toi. Et, entends-moi bien, je vais RÉGLER tout ça…

Il redressa la tête et retrouva un peu d'agressivité.

– Et si tu vois les frères Marric, fais passer le message de plus me faire chier.

Jakez s'était levé et lui tournait le dos pour ne pas le regarder. Caroff savait bien ce qui se passait dans sa tête : l'afflux des souvenirs, les circonstances atroces de l'accident, les jalousies minables qu'ils avaient tous enfin assouvies après, les échos de la fureur d'alors qui revenaient en force, et le remords, peut-être, d'avoir trop vite hurlé avec la meute à l'époque. L'homme ne se retourna pas et lui répondit d'une voix égale, calmé et éprouvé d'avoir vidé son sac :

– Tu as récolté ce que tu as semé, garçon… C'est toi le responsable de tout ça, c'est un fait et c'est comme ça… Point à la ligne… Mais tu as raison, c'est loin, on ne peut rien y faire. C'est moche mais c'est loin et… Donne-moi quelques jours pour le moteur et le remettre à l'eau… Disons une semaine. Les clés sont sur le tableau. Il est toujours à la même place, tu vas jeter un coup d'œil si tu veux…

Il fit volte-face, un index pointé sur lui.

– Tu aurais pu quand même aller au cimetière de temps en temps… Je sais pas moi, mettre des fleurs, merde !

Caroff se tourna vers lui et murmura.

– C'est qu'un trou vide dans la terre, Jakez. Y a personne là-dedans. Tu le sais bien…

Il se leva, fit deux pas, attrapa les clés puis tourna les talons et sortit sans un mot. Caruso avait disparu. Il traversa la cour, droit vers le hangar, poussa la porte coulissante et disparut à l'intérieur. À droite de l'entrée, sous une immense bâche, il y avait le *Marie-Gaëlle*, son bateau. Un vieux fileyeur de onze mètres en bois. Il restait peu de traces visibles du chavirage qui avait failli le couler deux ans auparavant. Il se hissa à bord, tremblant, s'attendant à s'effondrer à tout moment, mais non. Le coup de sang de Jakez avait concentré puis asséché ses émotions. Il était maintenant remonté à bloc. Il ne s'attarda pas dans la cale moteur, laissant Jakez s'occuper de ça, en revanche il sortit une petite torche de sa veste et fit le tour des bordés avec beaucoup de soin, sonda régulièrement de la pointe de son canif, constata que Jakez avait bien exagéré et qu'il en avait même changé quelques-uns, le bougre. Le presse-étoupe, à revoir, logique. Bon, l'ensemble devrait tenir, avec l'aide d'une pompe sans doute.

Il regagna sa voiture sans recroiser Jakez et prit la direction de la poste. Il se sentait dix ans de moins.

Il arriva devant l'imposant édifice. Marie lui avait décrit la marche à suivre, les box à droite, les boîtiers électroniques, le code à composer. Il réussit à ne pas se tromper et la boîte à lettres s'ouvrit dans un déclic. Il sortit une petite liasse de lettres, qu'il tria rapidement, des factures, des factures, et une épaisse enveloppe matelassée. Il jeta un coup d'œil à la ronde. Contre un radiateur, un SDF dormait, affalé sur un banc. Au guichet, des petits vieux attendaient leur pension… Deux flics venaient d'entrer dans la salle, ils firent un petit tour sans s'attarder et s'en retournèrent prendre froid dehors. Il ouvrit l'enveloppe sans plus tergiverser. Dedans, une deuxième enveloppe dont il connaissait d'avance le contenu : quelques milliers d'euros, un téléphone portable ridiculement petit et une simple feuille pliée en quatre. Il la fourra dans sa poche, ainsi que l'argent. Il prit le téléphone, hésita, puis le reposa. Il l'avait à peine lâché qu'il se mettait à vibrer. Il referma la porte de la boîte, étouffant le tremblement dans l'œuf. Deux secondes plus tard il passait la porte à tambour.

Il avait beaucoup à faire aujourd'hui, mais il était encore tôt.

Chapitre 7

LES CHAPEAUX RONDS

Delmas reposa le téléphone sur la table basse, reprit une position plus confortable dans la chaise longue, et regarda au loin. Il ne se lassait pas de ce paysage minéral et immobile. Ces montagnes bleutées là-bas étaient comme une promesse rassurante. L'assurance d'une présence éternelle qui l'apaisait, l'apaiserait toujours. Il avait difficilement supporté ce voyage en Bretagne. Il secoua la tête. Brest, seigneur… La Bretagne… Bien sûr, il connaissait. Bon, il n'en savait en gros que ce qu'en disaient les blondasses de la météo, et ça lui suffisait bien. Des marées noires, des oiseaux crevés, des tempêtes… Il avait du mal à croire vraiment que des gens veuillent aller passer des vacances là-bas… Ou alors il fallait être anglais, belge… allemand à la rigueur. Il avait une sorte de respect qu'il ne s'expliquait pas bien pour les Allemands. Les bagnoles sans doute. Des véhicules de classe, fiables, des gens fiables. Mais la Bretagne… bon Dieu. Le Finistère… Tout un programme… Quelqu'un lui avait expliqué que Penn-ar-Bed, en fait, voulait dire « le début du monde », et non sa fin, il s'en foutait dans les grandes largeurs. Il avait décidé d'y monter par la route. Il avait feint de ne pas voir les yeux ronds de ses gars. Il était même passé chez sa mère sur une impulsion. Elle, surprise, et aussitôt inquiète lui avait demandé s'il allait bien. Il n'avait pu lui dire exactement ce qu'il devait faire, où il devait se rendre. Elle l'aurait pris pour un fada. Delmas avait cru mourir d'ennui au début, revivant, au rythme des paysages traversés, les leçons de géographie de son ancien maître d'école, revoyant les cartes Rossignol hors d'âge qu'affectionnait le père Collin. Que disait-il déjà ce vieux chnoque ?

– Remplissez vos vies, les enfants, remplissez vos vies…

Lui si brillant, premier de sa classe en tout, sauf en intelligence, avait ricané, méprisant, ne comprenant rien. Il s'était contenté par la suite de se garnir les poches avec de l'argent facile, un peu sale au début, puis de plus en plus, faisant le désespoir de son vieux maître. Delmas avait croisé monsieur Collin courbé sur sa canne une fois par hasard sur le Vieux-Port, alors qu'il se pavanait en bonne compagnie. L'autre l'avait regardé droit dans les yeux sans rien dire, avait considéré avec pitié son coupé sport flambant neuf, la caricature de fille légère enroulée autour de lui, et lui avait carrément tourné le dos. Delmas s'était senti merdeux, plein de haine aussi. Ces souvenirs ridicules l'avaient perturbé, pendant tout le début du trajet. Le vieux Collin avait décidé de l'emmerder par-delà les années. Il s'était souvenu d'avoir lu l'avis de décès dans le journal et d'avoir pensé *Pas trop tôt ! Vieille carne !* et de l'avoir aussitôt regretté, d'avoir ressenti un grand froid au creux du ventre. Il avait eu la tentation de lui faire porter des fleurs, ou même d'y aller lui-même… et n'en avait rien fait.

Quand des envies d'ailleurs le prenaient, nul besoin de réfléchir longtemps, c'était l'Italie bien sûr, avec une préférence pour la Toscane et ses atours aristocratiques un peu défraîchis, et la Sicile évidemment, l'origine de tout… la Corse aussi, avec quelques précautions d'usage élémentaires, ou même l'Espagne, différente, plus rude, plus austère… mais il y avait toujours l'essentiel, un casino pas loin, des filles belles à mourir, et ce soleil, une lumière affûtée à vous faire pleurer à certaines heures, et la mer si possible, comme un cadeau. On n'était jamais déçu.

Plus ils montaient vers le nord et s'éloignaient de tout ça, plus il se sentait mal à l'aise, mais curieux aussi, à la façon d'un gosse, s'inquiétant, et s'émerveillant d'un rien, comme de la couleur nouvelle des toits, cette plaquette de beurre salé dans un restaurant, qu'il avait goûtée du bout des lèvres, puis repoussée. Ils avaient passé une espèce de monstre de pont au-dessus de la Loire, vertigineux, et il avait eu une sorte de malaise. Jamais, jamais de sa vie il n'était allé si loin au nord. Passer la Loire, la Loire, non mais autant dire le fleuve Jaune ! C'était plus la France là, c'était pas possible tout ce vert, et ces noms à coucher dehors… Un coup à attraper une trachéite… Il avait aussi découvert l'odeur de l'océan, la même que dans les huîtres qu'il avait commandées, et laissées intactes, écœuré, au bord du vomissement. Il repensa à ce pauvre type, une sorte d'épave qu'on avait repérée pour lui. Il se souvenait des mots qu'il lui avait dits. Il revoyait exactement la scène. Il s'était surpris pourtant à exprimer des sentiments vrais, spontanés. Il avait encore en tête cette lumière blanche et bleue, étincelante et sombre comme l'ardoise, les sifflements, la rumeur du vent, les rafales qui vous pliaient en deux. Ce n'était pas comme si Delmas découvrait ce qu'était le vent, et le vent froid même, parce que quand même, selon les endroits et les saisons, mistral, tramontane et vent d'autan il en savait quelque chose… Non, là c'était complètement différent, un mélange d'air turbulent et d'humidité, quasiment de la Badoit fines bulles en suspension, dopée à l'iode et au sel marin qui vous prenait jusque dans les os, vous érodait les articulations, vous faisait vous sentir vieux tout à coup, usé pour ainsi dire… Et puis le mistral, évidemment il se faisait respecter et craindre aussi, mais on savait d'où il déboulait. Et cette vallée du Rhône… C'était son monde, sa civilisation… mais ici, impossible de mettre une image familière sur ces flux, d'en deviner l'origine. C'était de l'air agressif en mouvement, venu d'un grand nulle part lointain, sombre et anonyme. Une sorte de cauchemar aérien sans visage. Ouais, voilà… Et cette ville improbable, grise et blanche. De loin, en arrivant on aurait dit la Casbah. Évidemment ce sentiment ne survivait pas à quelques pas dans les rues. La seule chaleur qu'il avait trouvée était dans ces rades qu'il avait explorés, les uns après les autres, pour trouver la perle rare. Il avait renoncé à en faire le compte tant il y avait de ces bistros minables. Le plus dingue c'est qu'à l'intérieur ça riait, ça parlait fort, ça chantait parfois, ça vivait en somme. À l'extérieur, pas moyen de se mettre à l'abri du vent tellement cette ville avait été reconstruite en dépit du bon sens après la guerre. Il avait eu si froid qu'il s'était acheté un bonnet en laine polaire, et une écharpe ridicule de supporter du Stade brestois, avant de mourir dans les courants d'air glacial qui descendaient les boulevards, comme les torrents de montagne de sa jeunesse. Rien que d'avoir à se balader accoutré comme ça, les pieds gelés dans ses chaussures italiennes, l'avait mis en rage. Il s'était réfugié avec ses hommes, Ruben et Raphaël, dans un restaurant tunisien où pendant des heures ils s'étaient reconstitué un semblant de moral à grands coups de tagine et de thé à la menthe brûlant. Eux aussi tiraient la tronche depuis le début, traînaient des pieds et lui faisaient comprendre à demi-mot que son statut dans la hiérarchie n'était pas encore assuré. Puis il avait bien fallu se remettre au boulot, replonger dans cet air salin, lourd et en mouvement permanent, côtoyer ces gens, parler à ces demi-barbares, les regarder rigoler de son accent en serrant les poings. Il avait observé cette vie avec une sorte de pitié supérieure au cœur. Il avait instantanément détesté cette insouciance et cette capacité à supporter, voire AIMER cette atmosphère, cette flotte, les goélands, le beurre salé et le reste. Des barbares.

Ce gars-là au nom de brute, Caroff, on aurait dit une sorte d'aboiement, de raclement de gorge qui précède le crachat, ce type donc, lui avait fait une drôle d'impression. Au bout du rouleau, manifestement, mais il y avait autre chose aussi. Il avait vu dans ses yeux quelque chose de menaçant. Il s'était même un instant raidi, dans l'attente d'une attaque, la main sur le rasoir dans la poche. Mais non, l'autre s'était tassé après un soupir de révolte mort-né. Apparemment il s'était requinqué depuis, le clodo ! Il n'avait pas mis longtemps pour commencer à dépenser leur fric. Le deuxième versement avait disparu de la boîte, ainsi que ses instructions mais cet imbécile avait laissé le téléphone ! Depuis le début tout le plan lui avait paru compliqué à mettre en œuvre, laissant à des tiers peu fiables des postes clés dans la réalisation du projet. Il l'avait dit à son oncle. Ce n'était peut-être pas une si bonne affaire après tout. Mais non, l'autre ne voulait plus rien entendre, il tenait la solution, la seule qui semblait avoir un peu de tenue. Il fallait innover, repenser les filières, les approvisionnements, les points d'entrée sur le territoire… Et après tout, l'idée venait de lui, n'avait à s'en prendre qu'à lui-même.

Il souffla, chaussa une paire de lunettes de soleil griffées et concentra de nouveau son regard sur les sommets là-bas. Bien sûr il avait dû assumer. Son oncle l'avait pris par le bras en lui parlant doucement, exposant les tenants, les aboutissants, l'importance de débarquer la marchandise là-haut, d'être discret, de se fondre dans le décor, de faire dans le local. Il comptait sur lui, comprenait l'aspect pénible d'un déplacement à… Où déjà ? Brest, oui, voilà, Brest, misère. L'oncle lui avait tapé dans le dos et adressé un signe de tête grave, comme s'il venait de perdre un proche. Et puis il s'était retrouvé seul face au problème. Le bateau qui les approvisionnait ne voulait en aucun cas faire escale à la pointe bretonne, trop de douane, de flics maritimes. À eux de se démerder. Impossible non plus d'envoyer un autre bateau auprès du premier récupérer la marchandise en mer, trop visible, trop de risques. Et puis il n'y connaissait rien à ces trucs nautiques, trop aléatoire, trop de paramètres, trop de mer, de marées. Rien que d'y penser il en avait des nausées. Il leur fallait une équipe de gars du coin, qui sauraient récupérer les colis en se fondant dans le paysage. Ouais, voilà. C'est ce qu'il avait expliqué à ses supérieurs.

– Là-haut, vous savez ? La Bretagne, vous voyez ? La côte, les pêcheurs…

Les hommes s'étaient regardés en silence, opinant vaguement, pas concernés pour un sou. Il avait cru bon de faire le malin pour mieux se faire entendre.

– Bon, la Bretagne donc… Des plages désertes forcément, tellement il gèle, des crabes et des cirés jaunes un peu partout, des bonnets, des crêpes, des coiffes, misère… Il paraît qu'ils sont saouls toute la sainte journée…

À ce stade tout le monde avait commencé à ricaner, même son oncle avait semblé être plus attentif. Puis très vite :

– On a saisi. Les chapeaux ronds, les bayous…

– Les binious.

– OUAIS, c'est ce que j'ai dit ! Bon ! Et alors ? On sait tout ça ! Va au fait !

Il fit silence une seconde, puis parla plus doucement, élaborant sa pensée au fur et à mesure qu'elle lui venait à l'esprit, ponctuant son propos de gestes des mains, se tournant vers chacun tour à tour.

– Oui. Ce qui passera le mieux dans le paysage, c'est un pêcheur. Un pêcheur, ça sort en mer, tous les jours, par tous les temps, sont pas humains ces types-là… Bref, ça vadrouille le long des côtes, ça rentre et sort à pas d'heure, ça décharge des caisses… ça connaît tout le monde, ça se débrouille… Voilà. Un bateau de pêche… Pour récupérer la marchandise et la rapporter discrètement, y a pas mieux.

Son oncle le considéra en silence, une ou deux minutes, le visage complètement inexpressif, puis conclut la réunion.

– On va faire comme tu as dit. Tu y vas avec Ruben et Raphaël. Tu montes l'histoire. Tu reviens rendre compte.

– Ruben et Raphaël ? D'habitude je travaille plutôt avec…

L'autre l'avait coupé en souriant, répété lentement.

– Ruben. Raphaël.

Il avait bien fallu se taire, accepter cette tutelle un peu humiliante. Tous les autres le regardaient, impassibles, lointains, comme si son exil avait DÉJÀ commencé. Alors il avait mesuré la difficulté de la tâche et s'était maudit, avait maudit la Bretagne, avait triplement maudit les Bretons et leur saloperie de climat pourri. Et puis… il avait bien fallu y aller.

On n'en était plus là maintenant et il était assez content de son travail mais voilà que l'autre commençait à déconner, n'avait jamais répondu au téléphone qu'on lui avait laissé... Bon, il n'était pas resté sans rien faire. Deux de ses hommes, des locaux, pas des lumières forcément, le filaient depuis des jours et le gars avait commencé à s'agiter apparemment : Caroff avait acheté du matériel, passait du temps dans un chantier à retaper son bateau. Au moins il ne s'était pas évanoui dans le brouillard avec le fric, sa radasse et sa môme. Delmas soupira. Pour une raison incompréhensible et exaspérante, l'ombre voûtée du père Collin passa lentement à la lisière de sa conscience. Il jura cette fois et reprit le téléphone.

Il était temps de faire monter Caroff un peu en pression.

Chapitre 8

180

Jakez avait tenu ses délais et remis la mécanique du *Marie-Gaëlle* en état. Il avait sorti le fileyeur, qui flottait, amarré à un bout de quai au fond du port de commerce. Pas d'entrée d'eau majeure à signaler. Caroff, lui, n'avait pas chômé, peinture, électricité, complément d'accastillage, démarches auprès des affaires maritimes pour le bateau qui avait été désarmé depuis plus de six mois… La deuxième enveloppe y était passée, mais sous peu, après les contrôles obligatoires, il pourrait reprendre la mer. Son problème était ailleurs. La nouvelle de sa résurrection n'était pas passée inaperçue et il avait eu la visite hostile de plusieurs anciennes connaissances. Les moins agressifs se foutaient ouvertement de lui, quant aux autres… Les menaces avaient été explicites. Après qu'un de ces abrutis avait bombé une saloperie sur la timonerie qu'il venait justement de repeindre, il avait passé plusieurs nuits à bord, craignant des déprédations plus graves. Et puis non, ils étaient passés à autre chose, apparemment. Jakez avait dû calmer tout ce petit monde, il ne voyait pas d'autre explication. Et puis au fond il s'en foutait. Ce qu'il voulait maintenant c'est avancer. Il parlait beaucoup avec Marie lors de ses pauses déjeuner, lui racontait l'avancement des travaux. Elle l'écoutait, concentrée comme à son habitude, posait des questions justes, qui lui demandaient souvent un temps de réflexion avant de formuler la bonne réponse. Il se découvrait capable d'argumenter, et lui en était reconnaissant. Il avait remarqué silencieusement trois grands sacs de voyage empilés dans un coin. Elle s'était préparée à un départ dans la minute. Il avait voulu y voir la confirmation qu'elle serait à ses côtés, quelle que soit l'issue de cette histoire. De toute façon ils ne resteraient pas ici, c'était tout vu. Il était retourné à la boîte postale à plusieurs reprises mais il n'y avait pas eu d'autre enveloppe, en revanche son répondeur était saturé de messages qu'il n'avait pas écoutés. C'était une erreur, il le savait. Ce type qui l'avait recruté n'allait pas le lâcher comme ça.

Bien qu'absorbé par les préparatifs de ces derniers temps il avait remarqué qu'un fourgon Mercedes blanc apparaissait régulièrement dans le paysage, près de chez lui, devant le chantier de Jakez… Mais personne ne s'était manifesté à ce jour. Cela n'allait plus traîner.

Il était perché un matin sur la timonerie, occupé à fixer l'antenne de la VHF, quand il avait repéré le Mercedes. Celui-ci s'était garé à une trentaine de mètres alors que le quai était complètement désert. Deux types en étaient descendus et avaient commencé à se diriger vers son emplacement. Il avait continué à visser le support en inox en les surveillant du coin de l'œil. Il ne s'attendait pas à les trouver si jeunes. Deux gars d'une vingtaine d'années, accoutrés comme ces clowns qu'il voyait sur la chaîne musicale du bistro où il prenait ses repas parfois : survêtement blanc, ample, un blouson matelassé sans manches, des avant-bras nus, pour bien montrer les tatouages, une casquette posée n'importe comment sur la tête, des baskets hors de prix évidemment, et des kilos de breloques dorées qui leur pendaient au cou comme autant de médailles de champions du monde de la connerie. Il secoua la tête. Il s'était souvent trouvé minable ces derniers temps mais là franchement, c'était N'IMPORTE QUOI. L'un des deux était une sorte de grand rouquin comme on en voyait peu, à la fois pâle et flamboyant, une torche sur échasses, l'autre un petit mec brun de poil et de peau. Il comprit brusquement pourquoi ils ne s'étaient pas garés plus près : ils voulaient se MONTRER. Et de fait, il fallait les voir arpenter le quai de leur démarche de petites frappes. Ça roulait des épaules, la tête légèrement penchée en avant sous la capuche du sweat. De la racaille contente d'elle par principe, mais un peu circonspecte aussi, jetant des coups d'œil à droite et à gauche. Un des gars avait un mobile qui dégueulait les échos rageurs et vociférants d'un rappeur merdique quelconque. Cela lui rappela ce type qu'il avait aimé des années auparavant, MC Solaar, ouais, voilà, et une chanson qu'il avait longtemps fredonnée, *Caroline*... C'était autre chose quand même. Ils arrivèrent devant le bateau et se plantèrent là, l'œil mauvais. Il continua à jouer du tournevis et de la clé à molette comme si de rien n'était. Ils le fixaient toujours en silence, et, c'était à mourir de rire, ils avaient chaussé des lunettes de soleil miroir, histoire de mettre la touche finale au tableau de leur arrogance débile. Les basses du téléphone vibraient toujours dans le vide de la conversation, et puis un goéland les survola en coup de vent, les insultant au passage d'un cri unique et rauque, ce qui réveilla le duo. Le plus petit sursauta, coupa enfin la chique du type qui beuglait toujours des « Fuck ! », et des « Truck ! », et des « Suck ! », et à nouveau des « Fuck ! », ôta ses Ray-Ban et fit un pas en avant.

– Yô, mec !

Il faillit s'étrangler. Non mais ces deux-là ne faisaient pas semblant, ils étaient VRAIMENT aussi cons qu'ils en avaient l'air. L'autre s'énervait, agitait les bras devant lui comme s'il frappait un sac.

– Yô, tu m'entends là l'ancien ! Ho !

Bon, ça suffisait bien le clip à deux balles maintenant. Un début de rage venait d'éclore dans son ventre, une bonne chaleur bien tendue qu'il sentait monter vers ses bras, tirer sur ses maxillaires et revenir contracter ses abdominaux. Il se leva lentement, les forçant à lever les yeux vers lui. Il les dominait de trois mètres de haut. Il se vit comme dans un rêve sauter et atterrir sur le quai dans une roulade, avant de les déquiller à coups de pied de ninja. Il se contenta de passer une main dans sa ceinture derrière le dos pour vérifier que ça n'avait pas glissé. OK.

– Vous êtes perdus les gars ?

– Ah ! Il parle l'ancien au FI-NAL ! Bien ça ! Non ! On n'est pas VRAIMENT perdus, NOUS !

Le petit mec continuait à esquinter l'espace devant lui à coups de paluches en scandant ses phrases. Le pauvre gars avait l'air bien atteint.

– Descends, là ! Faut qu'on CAUSE de tu sais QUOI, là !

Il fit un pas comme s'il avait décidé de monter à bord. Impossible de laisser passer ça.

– STOP !

Le gars s'était figé.

– N'y pense même pas !

Les deux s'étaient regardés. Caroff avait grondé.

– Tu mets PAS le pied sur MON bateau avant que je te le dise ENFOIRÉ !

Les autres avaient ricané mais n'avaient pas bougé.

– Ou sinon QUOI, l'ancien ?

Il était descendu de la timonerie et avait marché vers eux jusqu'à l'hiloire, vibrant de tous ses muscles, le cœur pompant à bloc, emplissant ses artères de sang écarlate, bourré d'adrénaline et d'oxygène bouillonnant, prêt à les DÉFONCER. Il fallait qu'il trouve quelque chose de plus dur que lui à quoi s'accrocher, là, tout de suite ou il allait les massacrer. Alors il agrippa le bastingage, le serra à s'en donner des crampes, se força à expirer, réussit à envoyer une impulsion de sourire à la pierre de ses joues. Il se trouva même une voix amicale et paisible, quoiqu'un peu étranglée quand même.

– Primo, c'est plein de graisse ici les gars. J'voudrais pas que vous salopiez vos super fringues, et…

La rage revint le noyer par surprise, comme ces vagues qui vous passent devant dans le goulet, rebondissent sur la rive en face, et vous reviennent dans la gueule l'air de rien. Il sortit de son dos le tuyau qu'il portait à la ceinture. Un simple tuyau de gaz en caoutchouc blanc, lourd, long de trente centimètres, pas trop rigide, une matraque parfaite, une arme mortelle en fait, pour qui saurait frapper au bon endroit. Il saurait, pas de doute là-dessus. Il sauta sur le quai, provoquant un mouvement de recul. Le plus grand avait adopté une sorte de posture de combat, l'autre s'étant simplement tassé sur lui-même, les jambes légèrement fléchies. Il pointa son arme alternativement sur l'un et l'autre et reprit d'une voix blanche qui gagnait en puissance au fil des mots.

– … et secundo, je suis à deux doigts de vous éclater la tronche les jumeaux. On se connaît depuis deux minutes à peine et j'vous déteste déjà. J'ai pas peur de vous les gars et j'suis un vrai malade dans mon genre. J'sais pas si on vous l'a dit, alors j'vous préviens gentiment. Vous captez, là ? YÔ !

Les deux le fixaient, et il comprenait à leur posture qu'il devrait quand même s'en méfier malgré leur allure de baltringues. En réalité, ces jeunes gars biberonnaient à la brutalité et à l'intimidation depuis la petite section de maternelle probablement, et ils avaient sans aucun doute beaucoup plus d'expérience que lui en matière de violence subie ou distribuée. Il aurait eu grand tort de ne pas le prendre en compte. Il devait imprimer tout de suite dans leur esprit le fait incontestable que le mâle dominant c'était lui, et personne d'autre. Bon sang, il se sentait une pêche d'enfer.

– Une chose encore avant de commencer à parler vraiment… PERSONNE ne m'appelle *l'ancien*, PERSONNE. Vu ? Si *monsieur* vous écorche la gueule, allez-y pour Caroff. C'est mon nom, c'est comme ça. Et toi ?

Le petit hésita, répondit comme il aurait craché.

– 180 !

Blanc…

– 180 ? Quoi 180 ? 180 quoi ? Ne me dis pas que c'est ton QI !

Il se tourna vers le dégingandé.

– Quelqu'un m'explique là ?

– 180, le hamburger. Ne mange que ça. Des 180. Du coup… Moi c'est Tarik.

Il les considéra, complètement sidéré. Puis baissa la main qui tenait la matraque et écarta légèrement les bras.

– Tarik ? Comment ça, Tarik ? Avec ta gueule d'Irlandais ?

L'échalas haussa les épaules.

– Je pense peut-être à me convertir. J'réfléchis. Mon premier prénom c'est Yann.

Caroff les jaugea en faisant de son mieux pour ne pas leur éclater de rire à la gueule.

Le premier de la portée a le nom d'un burger, et l'autre, une espèce de balise de détresse sur pattes, l'autre, pense PEUT-ÊTRE à se convertir… Son premier prénom c'est Yann… C'est pas possible. Bon Dieu, c'est pas possible.

Il reprit plus posément, les bras bien baissés le long du corps.

– Yann hein ? Ben voilà, ça au moins c'est… un prénom. C'est un vrai prénom quoi, pas comme ton pote, là… Bon, 180, double cheese, Yann, Tarik, Tarik, Yann, je m'en fous, on est encore dans un pays libre, nom de Dieu ! Je vous paye un café les jumeaux. Pouvez monter à bord maintenant !

Les deux se regardèrent et se hissèrent sur le bateau comme des chats qui auraient eu peur de se mouiller. Il les fit monter dans la timonerie puis descendre dans le carré par l'étroite échelle de coupée et ça n'avait pas traîné. Ils s'étaient mis à couiner devant les taches de gras qui avaient commencé à illustrer leurs bas de pantalons de zouaves. Ils s'étaient assis autour de la petite table, Caroff prenant la moitié de l'espace, les obligeant à s'entasser l'un sur l'autre. Il avait posé sa matraque sur la table devant lui en la faisant claquer. Il attrapa la cafetière et remplit deux gobelets et une tasse du breuvage brûlant, les deux leurs à ras bord. Impossible de les saisir sans s'en foutre partout ou s'ébouillanter. Il se cala légèrement en arrière admirant le spectacle de ces deux ados montés en graine infoutus de saisir leur jus, sirotant tranquillement le sien. Yann/Tarik leva le nez.

– Du sucre ?

Il secoua la tête l'œil noir.

– Et pourquoi pas un nuage de lait ! Tu rigoles gamin ?

L'autre soupira, hésita, but une gorgée trop chaude, grimaça, souffla, tenta une nouvelle gorgée, abandonna. 180 n'avait pas bougé depuis deux minutes, l'air mauvais. Il sortit un objet noir de sa poche et le posa sur la table, le fit glisser vers Caroff.

– Pourquoi vous répondez pas au téléphone ? Comment on fait nous, hein, pour vous passer les instructions du boss ?

Caroff reposa sa tasse et haussa les sourcils.

– Les instructions du *BOSS* ? Tu veux parler de Delmas ? C'est ça ? Qu'est-ce qu'il y connaît le Delmas ? Qu'est-ce que t'y connais toi ? Et qu'est-ce qu'il y connaît le futur croyant là ? Hein ? Je vais vous le dire moi. RIEN. RIEN de RIEN ! Tu sais quoi ? C'est pour ça que vous êtes devant moi les jumeaux. Les instructions, c'est MOI qui vais les donner, et dans pas longtemps encore…

180 encaissait. À le voir si pâle on aurait juré indispensable une transfusion urgente, là tout de suite. Le fait de n'avoir pas réussi à effrayer ce type l'avait grandement perturbé, il avait quoi, misère, au moins quarante-cinq ans ? Cinquante peut-être ? Et ce manque total de respect pour le boss… Il se racla la gorge.

– Bon d'accord. C'est vous le spécialiste… mais il y a des délais à tenir. Des rendez-vous… Ça urge là. On commence très bientôt. Faut que vous montiez votre équipe et tout…

– Mon équipe ? Ça c'est tout vu je crois. Elle est là mon équipe, non ?

Il vit leurs yeux s'arrondir. 180 et le phare d'Alexandrie en avaient avalé leur chique.

– Quoi ? Non, ça c'est pas possible !

180 se tourna vers Yann/Tarik attendant en vain un peu d'aide, et répéta.

– Ça c'est pas possible ! Caroff ! Ho, mec !

Caroff reposa la main sur le tuyau toujours exposé sur la table comme la marque incontestable de son pouvoir sur eux. Son sceptre. Ils lui faisaient l'effet de deux jeunes veaux à peine sevrés qu'il aurait marqués au fer : ahuris, douloureux, pratiquement résignés aussi.

– Écoutez les jumeaux, écoutez bien, je plaisante pas là. Il est HORS de question que quelqu'un d'autre soit impliqué dans ce truc. Ça paraît évident, non ? On a dû vous le dire quand même ? On commence tout juste à bien s'entendre. Ce sera vous deux. Un point c'est tout. Dis-le à *monsieur* Delmas. Maintenant, dis-moi tout ce que tu sais pour la semaine prochaine. Quel jour, quelle position, quelle quantité ? Allez fiston.

L'autre s'était exécuté, après deux minutes les yeux dans le vague, brisé déjà. Ils n'auraient les coordonnées que le jour même, pour le reste, c'était à lui de voir, d'organiser le truc. Alors il avait passé une bonne demi-heure à leur expliquer son plan, cartes à l'appui. Sans trop entrer dans les détails. Au bout d'un moment ils avaient entendu klaxonner longuement dehors. Caroff était sorti.

Les frères Marric étaient plantés là sur le quai, vidant des bières, le cul sur leur Audi, le ventre débordant sur la ceinture, et se foutant de sa gueule.

– Alors Caroff, pas trop dur la solitude ? Jakez t'a à la bonne. On voit vraiment pas pourquoi, mais tu peux lui dire merci mon salaud ! Ah tu vas bien t'emmerder à trimer tout seul comme un con sur ce rafiot qui porte la poisse !

Sur ce, les jumeaux avaient débouché de la descente, l'air de tomber de la lune, interrompant d'un coup les rires gras.

– Dis Caroff, c'est qui ces zombies ?

Il les avait pris par les épaules en souriant largement.

– Alors les frangins, toujours aussi cons ? J'vous présente mon équipage ! Des gagnants, comme vous ! De vrais pros ! Hein les jumeaux ?

Ça leur avait bien cloué le bec de voir ces deux guignols en casquette, les chaînes en plaqué or et tout le tintouin. Ils en étaient repartis aussi sec, furieux, le majeur dressé, en faisant crisser les pneus, balançant les bouteilles à moitié vides dans une explosion de mousse et de verre brisé. Puis Caroff avait congédié 180 et Yann/Tarik.

Ils avaient roulé au ralenti, hébétés. 180 avait besoin de réfléchir, il avait pris le boulevard extérieur et conduisait depuis une demi-heure ou presque, les yeux dans le vide. Ses chaînes de pacotille cliquetant faiblement devant lui.

Putain, le vieux les avait niqués ! Il les avait bien niqués ! Bien profond ! Et comment il l'avait appelé déjà ? Double cheese ! Putain ! Il frappa le volant du plat des deux mains. *En plus il avait raison, fallait pas trop le faire savoir, fallait rester discrets. Le boss avait été clair là-dessus. Ils n'auraient pas deux chances comme celle-là. Ils étaient coincés. Ils allaient devoir le faire avec ce vieux con. Il lui aurait volontiers cassé la gueule… Double cheese ! Il gardait ça pour plus tard. Perdait rien pour attendre, Caroff.*

Il jeta un coup d'œil à son passager, affalé sur la portière. *Et puis Yann, bordel, il le sentait plus du tout ce mec ! C'était donc pas des conneries, la mosquée, la conversion et tout ça…*

Il secoua la tête. Il fallait qu'il mange. Il avisa un fast-food, s'engagea sur l'allée menant au guichet extérieur. C'est à ce moment que l'autre ahuri se réveilla.

– Bonsoir messieurs, puis-je prendre votre commande s'il vous plaît ?

Il se tourna vers son comparse qui bâillait à s'en décrocher la mâchoire.

– Bon, Yann tu veux quoi ?

– Prends-moi un bacon cheese et une grande frite.

Il le considéra deux secondes.

– Eh Yann… le bacon c'est du PORC, tu sais ça ? Du porc !

Yann fit un geste vague de la main, toujours affalé de tout son long.

– Ouais, ouais… Bon… Faut voir. Je suis pas encore COMPLÈTEMENT décidé, faut réfléchir…

180 le regarda en secouant la tête, désemparé, tout près de fondre en larmes. Il se retourna vers l'interphone.

– Bon, alors un bacon cheese, deux grandes frites, et…

Il hésita, *putain je maîtrise plus rien*, reprit dans un souffle.

– … et un 180… s'il vous plaît.

Chapitre 9

SEIN

Les jours suivants avaient été pour Brieuc comme la confirmation évidente de la pertinence de son projet. Il avait enchaîné divers transports et se constituait peu à peu une vraie clientèle. Le père Duros, impayable, l'avait appelé une ou deux fois pour bavarder et donner de ses nouvelles. Brieuc avait craint au début de se faire enquiquiner tous les quatre matins par ces deux petits vieux, certes sympathiques mais bon… Duros avait un faible pour lui. C'était gros comme une maison, et pourquoi le nier, ça l'avait touché. Sacré René, il l'aimait bien, et le bougre avait vanté ses mérites à tout Camaret. Beaucoup au début avaient haussé les épaules en le voyant démarrer son activité à la mauvaise saison, mais il en profitait pour se faire la main sur le bateau, se forger un excellent moral et se tailler un début de réputation. Il serait complètement opérationnel à l'arrivée des beaux jours. Il n'avait pas eu à sortir beaucoup de la rade, à l'exception d'un ou deux transports inhabituels, notamment des médicaments à livrer à Sein. Il avait commis l'erreur d'en toucher deux mots à Duros, qui sitôt mis au courant n'avait eu de cesse qu'il accepte de l'embarquer pour cette virée sur l'île où il n'avait jamais posé le pied. Il avait refusé évidemment. De toute façon sa femme s'y serait opposée et il craignait un inconfort trop grand pour lui. C'était mal connaître le vieux et sa résolution. Rien n'avait pu le persuader de renoncer à son projet. Leur dernier coup de téléphone avait entériné l'affaire.

– Tu m'emmerdes, Jos ! Tu vas m'emmener là-bas un point c'est tout.

– Mais René, je vous dis que ce n'est pas raisonnable. Les prévisions ne sont pas géniales.

Duros avait eu un petit rire presque méchant.

– Les miennes non plus ne sont pas *géniales*, figure-toi ! *Raisonnable ? Raisonnable ?* Jos, je pensais que tu avais mieux saisi ma situation…

Il avait repris d'une voix plus tranquille, lui donnant des informations plus précises et factuelles puisqu'il n'était pas foutu de comprendre les choses tout seul, et Brieuc avait perçu jusque dans le frisson qui l'avait saisi toute l'affection que le vieux lui portait, la sienne aussi, l'importance capitale de ce voyage. Il avait compris enfin l'intensité de sa volonté de l'avoir à ses côtés, lui et personne d'autre, le sens de celle-ci. Alors il avait dit *oui*. Comment faire autrement ? Et des deux, c'est lui qui s'était senti retourné comme un gant, au bord des larmes, et reconnaissant.

Alors ils y étaient allés. Il avait embarqué René à Camaret, comme lors de leur première rencontre. Il lui avait paru un peu perdu dans sa vareuse et sous son bonnet trop grands. Josette était repartie sans l'embrasser comme les autres fois, le saluant de loin d'un petit geste contrarié. René avait secoué la tête pour lui dire que ce n'était rien, qu'elle ne lui en voulait pas mais que les femmes de caractère, y avait rien à faire pour les faire changer d'avis, que le monde tournait comme ça depuis l'origine, et que voilà…

La traversée avait été assez calme, malgré la houle qui se levait progressivement, Brieuc prenant toutes les précautions pour que le vieux profite au mieux de ce moment, sanglé comme il fallait sur le siège à côté du sien. Ils avaient longé en silence les falaises, les roches du Toulinguet, étaient passés entre les pyramides géantes des Tas de Pois, plantées en mer comme des vestiges monumentaux d'une civilisation perdue. René, les yeux brillants, avait pris les commandes un moment, un peu timide au début, puis jouant comme un gosse avec la manette des gaz, leur course les menant vers l'île en une éphémère et longue zébrure blanche éclatante. Après avoir livré le paquet et débarqué René à Sein sur la cale, Jos avait échoué le bateau dans l'arrière-port sur des fonds de sable bien fermes, en face du quai des Combattants de la France libre. Ils pourraient y revenir bottes aux pieds à marée montante et patienter un moment afin qu'il flotte à nouveau complètement. Puis il avait rejoint René. Ils avaient longé ensemble les quais, arpenté les ruelles étroites, s'étaient arrêtés au chaud vider la vessie du vieux, la sienne aussi, et prendre un café dans un bistrot, n'avaient croisé qu'un chien hirsute et pressé, et surtout, étaient allés admirer de l'autre côté les déferlements de la houle sur la chaussée de Sein. À peine sortis de l'abri relatif du lacis de venelles, ils avaient été giflés, baffés à nouveau, et repoussés par les masses d'air presque solide qui arrivaient furieusement de l'ouest. Alors Jos avait pris René sous son aile, l'enveloppant comme un enfant dans une couverture, lui arrimant la capuche de sa vareuse sur son bonnet, ne lui laissant que les yeux et l'extrémité du nez humide dépasser de l'ensemble. Courbés en avant, liés l'un à l'autre, ils étaient allés en titubant jusqu'au phare, une folie ! Tout le long de ce chemin jalonné de plusieurs haltes, c'est à chaque fois René qui avait relancé la marche en avant d'une impulsion dans le bras de son soutien. Arrivés au phare, Jos l'avait arrêté d'autorité à l'abri d'une roche millénaire et il s'était laissé faire. Cela suffisait. Les vagues se brisaient en une génération continue d'écume blanchâtre, aussitôt arrachée, emportée et balancée sur la pauvre végétation rase de l'île en une sorte de tapis frémissant, fragile, mais tenace. Ils s'étaient assis dans un creux du rivage, et étaient restés là un petit moment. Il avait enserré le vieux, lui faisant un rempart de son corps. Des goélands s'étaient posés et se tenaient face au vent, reculant dans les rafales, revenant ensuite de quelques pas maladroits vers l'avant. De temps à autre l'un d'eux ouvrait les ailes, captant instantanément suffisamment d'air pour s'élever en une seconde de plusieurs mètres au-dessus du sol. Une inclinaison infime sur le côté, et l'oiseau, magnifique de maîtrise, partait à une vitesse ahurissante, disparaissait dans les nuées. René s'était assoupi, étourdi par la véritable avalanche de sensations brutes qui l'avait submergé, laissant Brieuc face au spectacle. Devant, une immensité émeraude et grise, une absence d'horizon. L'océan et le ciel plombé qui se confondaient simplement en un endroit que son œil ne percevait pas clairement. À cinq ou six milles, plein ouest il y avait le phare d'Ar-Men quelque part, pointé vers le ciel comme un doigt d'honneur magnifique à toutes les tempêtes passées et à venir. Autour de Jos et René, des galets par milliers, de toutes tailles, présentant toutes les nuances imaginables de gris. Des lichens plats venaient marqueter les pierres polies d'ocres, de jaunes d'or, de verts sombres et de bruns profonds. Certaines pierres arboraient d'autres variétés de ces végétaux frustes en une barbe clairsemée, rugueuse sous les doigts. Ils étaient aux avant-postes de la vie végétale, au front de la guerre permanente qui animait ces rivages depuis des millénaires. Ils demeuraient là, vigies austères de la péninsule, moines soldats en robe de bure rêche, minérale et brute. Brieuc avait pris un ou deux galets et les avait soupesés, fait rouler dans ses mains. Le plus petit avait une couleur très sombre, presque violette. Il l'avait porté à sa bouche, et goûté brièvement. Il était froid, froid et salé bien sûr. Il avait renoncé à le mettre en poche, se souvenant des écriteaux destinés à prévenir le prélèvement des galets par les visiteurs. L'île déjà très basse, sans cesse en butte aux assauts de l'océan, ne pouvait se permettre une dilapidation futile de ses fondations. Des mains anonymes avaient érigé de petits cairns, empilant les pierres interdites comme autant d'autels branlants, modestes et simples, dédiés aux forces naturelles. Il ne manquait plus que les moulins à prières et les bandes de tissu claquant au vent pour se croire sur un haut plateau tibétain, si ce n'avait été le fracas permanent des masses d'eau sur l'inertie résolue de rochers musculeux et placides, le roulement claquant et trébuchant des pierres les plus petites sonnant comme autant de claves claires et boisées. Il aurait pu y rester des heures s'il n'avait fallu penser à préserver René, à la renverse des marées, aux contre-courants aux abords de Tévennec, et toujours ce fichu goulet à caresser dans le sens du poil… René avait refait surface, avait souri, chuchoté entre deux rafales.

– Merci fils.

Et ils étaient rentrés, pressés dans leur marche, poussés en avant sans ménagement. Ils avaient gagné en pataugeant le bateau qui commençait à retrouver sa dignité, son arrière lapé maintenant par la montée du flux comme un veau sous la mère. Une fois à bord, devant l'état de fatigue de René, Jos s'était reproché cette marche insensée dans le vent, l'avait fait manger chaud, boire, et installé sous des couvertures sur l'une des couchettes du bord. Un coup d'œil à la situation météo des deux heures à venir l'avait décidé à presser le mouvement.

Après un moment René s'était un peu requinqué, avait émergé de sous les couvertures, demandé la suite du programme. Alors il avait bien fallu remettre en route, remonter le mouillage. Un jeu d'enfant grâce au guindeau électrique. L'ancre lourde avait basculé dans son logement avec un claquement, et ils avaient pu reculer lentement, puis repartir vers l'entrée du port. Restait à laisser la latérale An Nerroth à sa droite puis plein nord, et Cornoc-an-ar-Braden à gauche. René s'était attaché, l'avait laissé finir sa manœuvre de sortie du port. Ils avaient eu ensuite une longue conversation assez chaleureuse, interrompue régulièrement quand il y avait eu à négocier des vagues plus brutales ou plus hautes que les autres. Ils les entendaient venir et gronder derrière eux. Ils sentaient se lever l'arrière puis le bateau montait doucement comme sur une colline, arrivait au sommet, avant de redescendre l'autre versant en prenant de la vitesse dans une vibration ronflante extraordinaire. Juste avant cet instant, les mots ralentissaient, ralentissaient encore, puis restaient suspendus dans l'air tiède de la timonerie, le temps que la carène termine un joli surf de plusieurs dizaines de mètres, avant de remonter en selle d'un nouveau train de vagues, puis de recommencer encore. La conversation avait ainsi trouvé un rythme particulier dans lequel les deux s'étaient calés. René avait attaqué sans sommation.

– Alors. Dis-moi, Jos. Tu vis pas tout seul quand même ?

Boum ! Prends ça ! Brieuc jeta inutilement un œil au sondeur, deux secondes, juste le temps de faire une mise à jour express des événements de sa vie récente.

– C'est la cinquantaine, René ! Changement d'activité, de maison, de femme, la totale !

René le regardait avec attention, attendant la suite.

– … Je viens de divorcer… J'ai un peu de mal à m'y faire… Enfin, ça fait presque un an maintenant…

– Ah… J'me demandais vu que tu portes toujours une alliance.

Brieuc eut l'air surpris. Il leva la main en question, l'agita un peu.

– Oui c'est vrai ! C'est juste qu'elle est trop serrée. Impossible de l'enlever. Faut que je la fasse couper… Et vous deux avec Josette ?

– On parlait de toi gamin, cherche pas à m'embrouiller.

Jos eut un petit rire.

– Ouais… La vérité c'est que j'ai tourné en rond un bon moment. J'étais pas beau à voir, et je me suis plongé à fond dans ce nouveau projet…

– Et…

– Tu vas pas me lâcher dis ? *Fallait bien lui donner un os à ronger…* J'ai rencontré quelqu'un il n'y a pas très longtemps… Peut-être… Oui… On va voir ce que ça va donner…

René lui sourit largement, posa une main sur son bras.

– T'es un gars au poil Jos… Un brave type.

– C'est sûr, grand-père, tu me plais beaucoup aussi, mais ça ne marcherait pas entre nous, trop de différence d'âge…

– Petit con !

Il avait bien fallu donner quelques précisions mais impossible de tout dire à ce brave pépé, de lui expliquer par exemple qu'il avait ÉVIDEMMENT fini par appeler la fille à la carte, un soir où il avait un peu chargé la barque. Elle avait décroché tout de suite, lui coupant l'herbe sous le pied avant qu'il se déballonne.

– Babeth, je vous écoute.

Lui, muet au téléphone, dégrisé dans l'instant et privé de mots, pathétique.

– …

– Allô ? Vous appelez pour un rendez-vous ?

– … *Un rendez-vous ?*… Oui, c'est ça.

Elle avait poursuivi, cordiale, organisée.

– Je peux vous proposer demain 16 heures. Le mieux c'est de se retrouver au salon de thé de la librairie du centre, vous voyez, en sous-sol ? On se connaît au fait ?

La librairie du centre ? Un peu qu'il connaissait. À une époque il aurait ADORÉ avoir eu cette idée, cette opportunité de créer un lieu comme celui-là et PEUT-ÊTRE que son couple serait encore à flot à cette heure. *C'est pas encore vraiment digéré tout ça, hein mon vieux ?*

Il avait mis une seconde ou deux à reprendre le fil de leur conversation, irrité.

– Heu… D'accord. Oui, je vois bien… On ne se connaît pas… Pas vraiment, mais je vous reconnaîtrai. On s'est déjà croisés…

Un court silence au bout du fil.

– Oh ? Bien. À demain alors. Bonne fin de soirée monsieur.

Il avait répondu sur le même ton poli comme un garçon bien élevé, puis raccroché, calmé.

Il avait passé la journée du lendemain à faire ce qu'il y avait de plus salissant, à savoir l'entretien sur les moteurs, décidé à enterrer cette connerie de rendez-vous au plus profond de son inconscient, jusqu'au moment où son horloge interne s'était mise à lui donner des crampes à l'estomac et l'envie de chier en continu. Alors il s'était rué chez lui sous la douche, s'était maudit de ne pas avoir porté de gants et d'avoir encore de la graisse sous les ongles, s'était planté devant son dressing pendant que l'heure tournait et qu'il se savait déjà en retard. Tout en roulant vers le centre il s'était demandé s'il aurait fallu arriver avec des préservatifs, s'il devait s'arrêter en prendre, comment ce serait de toucher cette femme, s'il y arriverait même… Seigneur…

Étonnamment il avait trouvé tout de suite une place de stationnement à proximité, chose qui n'arrivait JAMAIS. Il avait ensuite marché lentement jusqu'aux portes automatiques qui s'étaient ouvertes devant lui comme une promesse… À ce stade le père Duros à qui il servait une version édulcorée s'était esclaffé.

– *Comme une promesse*… Ouais, enfin bon, ça sert un peu à ça des portes automatiques gros malin ! En général elles s'ouvrent quand on arrive devant… Et donc elle était là ?

Jos hocha la tête et continua sur sa lancée, recommençant à broder un peu, beaucoup même, pour faire plaisir au vieux.

Il l'avait bien trouvée, brune et longue comme dans son souvenir, assise sur une banquette, portant un ensemble veste, chemisier, pantalon, un livre ouvert retourné et posé sur la table bistrot, à côté d'une théière et d'une pâtisserie. Il était arrivé comme devant un quai inconnu, à vitesse lente, mais avec un peu de puissance pour avoir de quoi manœuvrer, pas de dérive latérale due au vent ou au courant, aucun risque de collision, tout était clair, petit coup en arrière pour casser l'erre... Voilà, il y était. Accostage parfait. Elle avait levé les yeux, souri, l'avait invité à s'asseoir.

Coup d'œil rapide au vieux. René buvait ses paroles. Il reprit son récit, se rejouant leur dialogue.

– Vous prenez quelque chose ?

Lui hésitant.

– Un déca ?

– Il vous faut le commander là-bas.

Il s'était relevé et était revenu quelques secondes plus tard, en comprenant qu'elle l'avait évidemment observé, que rien n'était fait, mais qu'elle était toujours là, et s'était étonné de son calme retrouvé. Cette rencontre sonnait comme un premier rendez-vous des plus traditionnels, une prise de contact tranquille et conventionnelle. Vraiment cela n'avait RIEN d'une transaction. Ils avaient bu sans se presser, papotant de choses et d'autres, des œuvres exposées au mur, de quelques bouquins, de la coïncidence qu'il ait été libraire avant... Il s'en était plutôt pas mal sorti, mais elle avait commencé à l'interroger sur cette réorientation un peu étonnante comme si ça l'intéressait vraiment, alors il avait coupé court, un peu agacé de devoir se replonger dans sa vie d'avant, ce qu'elle avait senti. Il lui avait dit un peu sèchement :

– Vous m'avez surpris au téléphone.

– Ah bon. En quoi ?

– Je ne sais pas. C'est idiot... J'avais en tête des... vous savez ces encarts qu'on voit parfois dans les journaux gratuits, ces annonces...

Elle avait eu une grimace immédiate, un éclat dur dans les yeux.

– Ah oui, vous vous attendiez à : *Pour une fellation tapez 1, pour une fessée…*

Il l'avait interrompue, avec véhémence, en jetant un œil à la ronde.

– Pas du tout ! Absolument pas ! Je dis juste que je n'ai jamais fait ça… Je ne savais pas à quoi m'attendre, c'est tout.

Elle l'observa une minute, hocha la tête et leva une main.

– Excusez-moi… C'est juste que… Si c'est simplement de la pornographie que vous recherchez vous n'aurez pas de mal à vous satisfaire ailleurs, mais nous n'allons pas pouvoir nous mettre d'accord.

Il avait laissé passer quelques secondes, réfléchi intensément à l'apparent paradoxe de ce qu'il venait d'entendre, accepté de ne pas comprendre vraiment cette situation, et puis il avait relevé les yeux. Il savait qu'il était à deux doigts de la voir se lever et passer la porte, il comprenait aussi à la chaleur dans son ventre qu'il VOULAIT qu'elle reste. Il reprit, continuant à tirer le fil, mais plus doucement, prenant soin de ne pas l'agresser.

– Mais… l'autre jour, sur le bateau… les Russes ?

Sa bouche s'était tordue et elle lui avait instantanément renvoyé un regard dur, vite adouci par la nouvelle nuance dans la voix de Brieuc qu'elle semblait avoir bien perçue, puis elle avait secoué la tête, l'avait regardé en plissant légèrement les yeux. Une moue un peu triste cette fois lui avait brouillé le visage pendant une seconde. Et puis elle avait recherché son regard et s'était plantée à nouveau en lui.

– Ah… oui… C'est vrai. C'est là qu'on s'est croisés… Une erreur… Ce n'est pas mon registre d'habitude… Pas du tout… Mais ça n'était pas aussi glauque que ça aurait pu… Je… Bref… Moi non plus je ne fais jamais ça normalement… Maintenant, parlez-moi de vous…

Ils avaient passé ce passage étroit comme sur un pont de singes, un peu bousculés, un peu déséquilibrés mais sans perdre leurs appuis, regardant plus loin que leurs pieds, vers l'avant. Brieuc pouvait maintenant se redresser. Il s'était adossé fermement sur son siège, avait inspiré, avait soutenu son regard.

– Oui, eh bien… C'est assez simple je crois. Je vis seul depuis un moment. Cela ne me fait pas de bien. Pas de bien du tout… J'ai du mal à sortir de ma grotte… Mais… Pardon, mais on parle de quoi là au juste ? Hier au téléphone j'ai cru un instant que vous alliez me demander ma carte Vitale. Vous faites passer des… entretiens à tous vos… rendez-vous ? Je ne comprends pas bien.

Elle avait eu un petit rire, avait baissé un peu la voix.

– La première fois, oui, en quelque sorte… En vérité, des *rendez-vous*, j'en ai peu vous savez… J'ai quelques… relations privilégiées… qui m'aident à vivre en ce moment, c'est tout… Quant aux entretiens… les gens aiment souvent ça, parler d'eux, de leur vie… Et je dois bien m'en faire une idée un peu précise, les apprécier… C'est moi qui choisis.

Vous comprenez ? Votre carte Vitale… c'est drôle… Il y a quelques mois, oui, j'en aurais eu sans doute besoin…

Elle avait haussé les épaules devant ses yeux surpris, n'avait rien dit de plus, le laissant à ses interrogations, attendant simplement qu'il reprenne la parole.

– OK… Je ne connais pas grand monde ici. Je suis arrivé il y a peu. J'ai beaucoup travaillé pour monter cette affaire. Je ne sors pas. Ça n'aide pas à rencontrer du monde… Je suis un peu… à cran.

Elle avait des mains aux ongles soignés, vernis incolore, un nez un peu long peut-être, cheveux aux épaules, une peau à la carnation délicate, un éclat ambré dans les yeux. Il était resté muet, comme en équilibre… alors elle avait sans plus tarder rassemblé rapidement ses affaires, s'était levée, l'avait regardé, volontaire.

– On y va ?

… Il s'était retourné vers le vieux.

– Et voilà. Tu sais tout, René. Presque tout…

Le vieil homme n'avait pas répondu, assoupi de nouveau.

Quand ils étaient repassés au large des Tas de Pois, un coup de soleil rasant avait brièvement écrasé de blanc les parois rocheuses plantées dans la mer d'Iroise. Juste avant d'embouquer le goulet, un couple de dauphins avait jailli de l'eau noire, à droite de l'étrave, multipliant les sauts. Cela avait duré trois minutes seulement, et ils avaient disparu. Ils étaient entrés dans la rade comme un boulet, retrouvant une mer plus courte, verte et moutonneuse. Alors il avait réveillé René avec délicatesse, préparé son débarquement à Camaret. Il l'avait quitté sur le ponton, confiant le vieil homme à une Josette encore un peu en colère, mais soulagée, et reconnaissante aussi. Elle avait même pris Brieuc dans ses bras.

Il était reparti, fatigué lui aussi. Il lui fallait encore rentrer, passer un coup de jet, et peut-être aller jusqu'à la pompe compléter le plein de gazole. Ce qu'il avait fait. Décidé à se coucher dès son retour chez lui, il avait quand même écouté, couché sur le canapé, déjà à demi-inconscient, un long message des Duros, qui avaient dû l'appeler à peine refermée la porte de la maison ! Il était invité un dimanche à venir, sans trop attendre. Josette avait interrompu rapidement son René et pris le combiné pour insister,

– Vraiment. On compte sur vous. Vous viendrez avec votre amie. Vous nous rappelez ?

Il n'avait pas entendu la fin du message, *mon amie*... avait juste eu le temps de marmonner une approbation incompréhensible avant de sombrer.

Rien n'avait plus bougé dans la pièce. Un rouge-gorge avait pointé son bec à la baie vitrée, piqué deux ou trois araignées dans la rainure de la glissière. Un bruit avait dû l'alerter car il avait pivoté subitement sur lui-même. Dehors, au centre de la pelouse anarchique il y avait un très beau châtaignier portant quelques fruits tardifs. Quelque chose s'agitait dans le feuillage encore accroché aux rameaux. Un choucas s'échinait sur une bogue tenace à coups de tête rageurs, s'équilibrant dans de grands battements d'ailes claquantes, faisant un beau raffut, inaudible de l'intérieur. Chute de la châtaigne. Éclair bleu dans l'œil de l'oiseau agacé. Envol brusque, et la branche oscillante. Retour au calme. Plus de rouge-gorge.

Chapitre 10

CASIER JUDICIEUX

Caroff les avait convoqués quelques jours après, rien que ça... 180 avait eu la confirmation du boss lui-même qu'ils allaient faire comme le vieux avait dit. Il n'en avait pas cru ses oreilles. Il avait protesté pourtant, lui avait raconté que Caroff était complètement à l'ouest, qu'il les voulait avec lui sur le bateau, comment il avait même menacé de leur faire la peau, carrément quoi ! Il y avait eu un silence à l'autre bout du fil. Puis le boss avait ricané comme il savait très bien le faire pour lui montrer qu'il n'était qu'un con. Il avait carrément mis en doute sa version des choses. Il avait vu Caroff de ses propres yeux, il l'avait évalué, pesé au gramme près. Un pauvre type, un minable, un gars au bord du gouffre, une loque, voilà ce qu'il avait constaté, vérifié, analysé. Voilà pourquoi il l'avait choisi et voilà pourquoi il le jetterait après. D'accord, il s'était peut-être retrouvé une petite santé mais ça n'irait pas très loin. À 180 de garder un œil sur lui, de près, de très près. Et puis il avait eu quelques mots gentils, avait encore insisté sur l'importance de cette opération, de son rôle dans l'affaire. Ça aussi d'ailleurs ça lui posait question, cette confiance soudaine. Comment se faisait-il que le boss lui confie à LUI ce boulot-là ? Il se rendait bien compte de ses limites. Bon dans les quartiers il passait bien, c'est vrai. On venait le trouver pour régler les petites choses de tous les jours. Mais enfin, franchement, est-ce qu'il avait les épaules pour faire autre chose que dealer de la 'beu, frimer avec ses chaînes devant les gamins du collège, et calmer les pochtrons à coups de latte quand il fallait ? Il en doutait un peu quand même. Le patron n'aurait eu qu'à envoyer un de ses mecs, un de ces gars à la tronche de tueur qui lui avaient foutu les jetons l'autre fois où ils s'étaient pointés pour monter l'affaire. Il s'était mis en quatre avec Yann pour les satisfaire en tout, mais en pure perte apparemment. Rien n'était bien, la piaule, les bagnoles, la bouffe, le temps ! Qu'est-ce qu'il y pouvait lui à la météo… Non, à y repenser, il n'avait pas aimé comment le patron les avait regardés, comment il leur avait parlé. Aucun respect. Un compliment d'abord, et boum ! dans la foulée des reproches à n'en plus finir, avec ses gros bras qui se marraient… Qui se foutaient de leur gueule, ouais ! Soit c'était un vrai test, et une chance pour lui, soit le boss n'avait personne d'autre sous la main et il n'était qu'un deuxième choix. Si c'était le cas, il y avait de quoi s'inquiéter sur sa véritable capacité à gérer les événements. Et puis, la distance entre le patron là-bas et les gars ici, c'était un vrai problème. Il avait du mal avec le téléphone, lui si loquace d'ordinaire trouvait difficilement ses mots, agitant les mains et la tête comme un autiste. Quant à l'autre illuminé de Yann, impossible de compter sur lui vraiment… Ou alors… ou alors rien de tout ça n'était dû à ses mérites supposés et il y avait autre chose.

Il avait tourné et retourné tout ça dans sa tête pendant des plombes, dans sa chambre chez sa mère. Celle-ci l'avait nourri, avait montré sa désapprobation en fermant la porte de la cuisine et se retirant dans sa propre chambre sans lui parler. Alors, buvant café sur café, tirant sur des joints, et alternant moments de prostration sur son pieu et séquences hallucinées de FPS sur sa console, il avait passé des heures à massacrer des zombies dans une ville en ruines, s'était retrouvé coincé dans cette cave où, partie après partie il finissait invariablement par se faire éviscérer sans JAMAIS retrouver la sortie. VOUS AVEZ ÉTÉ TUÉ… VOUS AVEZ ÉTÉ TUÉ… VOUS AVEZ ÉTÉ TUÉ…

Il avait eu un long frisson en aboutissant à la seule conclusion qu'il pensait crédible. Tout ce que le boss lui avait dit de Caroff, tout ça, MOT pour MOT pourrait finalement tout aussi bien s'appliquer à LUI.

Un pauvre type, un minable, un gars au bord du gouffre, voilà ce qu'il avait constaté, vérifié, analysé. Voilà pourquoi il l'avait choisi et pourquoi il le jetterait après…

C'était tellement évident… il n'était qu'un pion, facilement interchangeable dans l'organigramme. Le boss avait laissé entendre que l'opération serait limitée dans le temps, que c'était du dépannage, que Caroff ne serait pas fiable très longtemps… OK, et après, il se passait quoi ? Quoi pour Caroff ? Quoi pour lui ? Bon, le vieux, c'est sûr qu'il pouvait pas le sentir, qu'il lui aurait bien foutu une branlée sans cligner de l'œil... Quoique... Mais ça ne suffirait peut-être pas au boss. Ça ne suffirait sûrement pas au boss. Il en voudrait plus, du DÉFINITIF, et c'est à LUI qu'il le demanderait. Il le voyait arriver, gros comme une maison. Ça lui pendait au nez. Et la seule promotion qu'il aurait serait de se retrouver à pointer à L'Hermitage pour dix ou quinze ans pendant que ces suceurs d'olives, ces bouffeurs d'ail prendraient le soleil sur la côte. Et encore, entrer à L'Hermitage serait peut-être un moindre mal. Brusquement il avait eu envie de chialer, de se planquer au fond d'un trou...

Ils étaient donc arrivés un matin vers 5 heures, avaient garé le fourgon au plus près cette fois du *Marie-Gaëlle*, étaient descendus sous une petite pluie de bienvenue dans la lumière froide d'un lampadaire anémié. Caroff était debout sur le pont, bras croisés. On aurait dit qu'il avait pris en volume, en taille aussi, mais c'était la tenue de mer qu'il portait qui faisait ça, et autre chose aussi, la fierté. 180 n'arrivait pas à croire que le bonhomme qu'on lui avait décrit et Caroff ne faisaient qu'un. *Tu verras, une épave, un mec brisé. Tu en feras ce que tu voudras...*

Tout ce qu'il voyait là, maintenant, c'était un type déterminé, qui était complètement dans son élément, dont ils seraient TOTALEMENT dépendants dès que ce rafiot aurait quitté le quai. Un type dangereux, VOILÀ ce qu'il voyait.

Il commença par les examiner comme des chevaux. Tout juste s'il ne leur avait pas regardé les dents, ce vieux con. Il leur avait fait les poches, balancé les bédos dans l'eau du bassin sans s'occuper de leurs protestations, avait grommelé de satisfaction en constatant la disparition des chaînes, des bagouses, des casquettes et des baskets. Il leur avait filé à chacun un bonnet puant, une paire de bottes, une salopette et une veste de ciré qui avaient dû être jaunes trente ans avant. Puis il avait insisté pour qu'ils enfilent des gants et une brassière de sauvetage automatique. Là il les avait regardés en se marrant et puis il leur avait tapé sur l'épaule en disant : « Ça va aller. Ça pourrait même vous plaire. » Ils étaient restés plantés là, sur le pont, engoncés dans leur tenue qui puait le moisi, les bras ballants, alors qu'il mettait en route, larguait les trucs, là, les cordes, enfin, tout le bazar. Et ils étaient sortis. Derrière eux la ville scintillait, étagée sur la pente qui dominait la rade. Bon c'était pas encore Las Vegas ou Manhattan, mais il avait trouvé ça assez joli et s'était détendu un peu. Yann, lui, comme d'habitude était comme en apesanteur, marmonnait on ne savait quoi. 180 avait rejoint Caroff dans la cabane, l'abri, là sur le dessus, enfin, le poste de barre. Il s'était mis à sa gauche, veillant bien à ne toucher à rien.

– Bon, c'est quoi le programme ? Ça rime à quoi cette comédie, les déguisements et le reste ?

Caroff le considéra un moment par-dessus le mug de café fumant qu'il tenait dans la main gauche, la droite guidant la barre, les menant dans la rade sombre.

– J'ai posé quelques casiers hier. On va les relever. Je vais vous montrer. C'est pas bien sorcier.

Il eut un petit rire et continua, presque amicalement.

– Si ces abrutis de Marric y arrivent, alors tout le monde peut le faire… Écoute, faut qu'on soit crédibles. Pour l'instant tout le monde sur le port se dit que je continue à déconner et à faire n'importe quoi, et ça me va bien. Mais…

Il fit une pause, jeta un coup d'œil au traceur, rectifia légèrement le cap, mit un peu de gaz.

– … Mais il faut vous amariner et de toute façon on doit pêcher. Faut qu'on ramène des prises. La semaine prochaine vous devrez être opérationnels pour récupérer les colis. Pas question de me traîner deux bons à rien juste prêts à dégueuler partout… Ça n'a rien d'une comédie, fiston.

Fiston, rien que ça…

Et sans prévenir, il lui avait collé la barre dans les mains, montré la route, avait allumé le projecteur de pont et rejoint Yann à l'avant. La roue trépidait dans ses mains. Il sentait aussi vibrer le plancher. L'essuie-glace grinçait en passant et repassant lentement sur la vitre en plexi. Cela sentait le café, le gazole. Un truc accroché à la cloison clignotait. Caroff expliquait quelque chose à Yann, faisait des gestes vers l'arrière, lui montrait divers outils, des bouées sphériques rouges, des sortes de cages cylindriques, les fameux casiers. Chose extraordinaire, Yann semblait écouter, et comprendre… Il avait pris un truc en main, l'observait, le retournait et Caroff opinait, apparemment satisfait. Il lui tapa même sur l'épaule, jeta un œil sur la route et disparut de son champ de vision vers l'arrière. 180 se pencha sur le côté pour tenter de le repérer et poussa sans le vouloir la barre dans le même temps. Le bateau prit un peu de gîte, sortit immédiatement de sa route puis se rétablit brutalement lorsqu'il ramena la barre dans l'axe. Une suée froide lui avait glacé le front en une seconde, et devant, Yann s'était cassé la gueule. Il braillait.

Caroff apparut comme un fantôme à ses côtés, tranquille.

– Tout doux bonhomme. Bon, tu l'as en main ? Pousse un peu les gaz. Manœuvre un moment à ta guise, y a personne autour. Vas-y doucement. À la fin de la journée, je veux que tu pilotes ce bateau aussi bien que ton fourgon. Vu ?

Il tapota une sorte de boussole, puis montra le traceur.

– Ici tu as le compas à l'ancienne, ici c'est nous, et là tu as la carte, la route. Tu vois ? Facile. Va plein ouest, on prend le goulet et on entre dans l'anse de Camaret, je te dirai.

Et il était reparti vers Yann. Alors 180 s'était concentré sur la route, les feux divers qui clignotaient, le ciel qui avait l'air de se dégager. « Plein ouest », il avait dit « plein ouest ». Les conditions avaient changé dans le goulet, la houle remplissait le passage, et le bateau n'était plus franchement à plat, il montait et descendait, roulait un peu aussi et 180 commença à regretter de ne pas avoir pris le comprimé que lui avait proposé Yann au petit matin. Merde. Et il faudrait aussi qu'il aille pisser très bientôt, chier peut-être. Misère. Il se demanda vaguement comment ? Où ? N'osa rien dire, se contenta de serrer les dents et les fesses, respira lentement en tentant d'oublier la nausée qui avait entamé une ascension lente mais résolue quelque part, là dans son abdomen. Cela marcha très bien… pendant une ou deux minutes, puis il sentit avec horreur la saveur âcre et amère de la bile lui remonter dans la gorge, il lâcha la barre, envoya valser la porte, chuta plus qu'il ne sauta vers le bastingage, et eut un spasme terriblement douloureux et long, incontrôlable, qui le tendit en avant, arqué, bouche grande ouverte, lui vida complètement l'estomac, puis un deuxième, presque à vide, qui lui fit horriblement mal jusque dans les mollets. Il s'entendit pousser un râle effrayant alors qu'une crampe de fer lui déchirait les abdominaux. Il s'était écroulé à genoux, effondré sur lui-même, les jambes coupées. Haletant, incapable d'essuyer le filet de salive qui lui pendait du bec, il vit arriver les bottes de Caroff, se sentit soulevé comme un chiot. Une vague de reconnaissance vint recouvrir les débris de sa fierté éparpillée à tous les vents. Caroff le redressa. Il le regardait, interrogatif. Il arriva à balbutier.

– Faut qu'j'aille chier. Je crois. J'sais plus.

Caroff hocha la tête.

– Mmh. Faut pas contrarier dame Nature. Je te conduis.

Il l'aida à se défaire de sa veste et du reste, et le laissa assis dans les toilettes, grandes et larges comme une boîte d'allumettes. 180 se cala contre une cloison, eut un unique sanglot court, et s'endormit comme une masse sur la cuvette, le pantalon baissé, tête sur la poitrine.

Quelques minutes plus tard Caroff vint voir où il en était, poussa un soupir, puis le laissa en l'état. Il revint un peu après, lui passa une couverture en laine polaire sur les épaules, et referma la porte.

180 en émergea faiblement une heure plus tard environ. Le soleil s'était levé. Le ciel était dégagé. Caroff et Yann étaient sur le côté droit du bateau et remontaient un à un des casiers attachés à un gros bout. Des goélands les survolaient en vol stationnaire, plongeant de temps à autre vers quelque chose que Caroff avait rejeté à l'eau. Il vidait les casiers au fur et à mesure, triant les prises dans différents bacs de plastique gris et bleus. 180 croyait identifier des crevettes, des crabes, des poissons aussi. Le vieux travaillait méthodiquement, passant rapidement les casiers vidés à Yann qui les empilait à l'arrière, veillant à ne pas emmêler le filin qui les reliait tous. Il fit deux pas, titubant vers l'avant, faillit lancer faiblement un « Yô ! » mais se retint à temps. Yann leva les yeux vers lui, souriant de toutes ses dents. Caroff leva lui aussi les yeux.

– On a retrouvé notre pilote ! Parfait. Tu montes là-haut 180, dès que tu te sens d'attaque, et on continue. J'ai une deuxième ligne de casiers plus loin. Toujours vers l'ouest gamin !

180 avait reniflé, puis marmonné quelque chose et était retourné vers la timonerie. Un peu plus tard les autres l'avaient rejoint, après avoir rangé les bacs dans une espèce de glacière métallique sous le pont. Caroff avait repris la barre et il leur commentait la route, leur signalait des oiseaux qui leur semblaient énormes, cormorans, fous de Bassan. Il leur avait distribué des casse-croûte préparés par sa femme. Ils avaient eu un

peu de mal à mâcher au début, et puis ils en avaient redemandé, poliment. Il leur avait même sorti des bières. Ils en avaient plein les yeux et ça se voyait. On apercevait la pointe Saint-Mathieu dans le soleil au fond là-bas à droite, juste avant le chenal du Four qui remontait vers le nord. Plus loin vers le large, la chaussée des Pierres Noires, un sale coin en hiver d'après Caroff, et plus loin encore les rails de circulation du trafic maritime international, montant, et descendant. Bien que vivant à un kilomètre de la mer, 180 et Yann n'avaient jamais vraiment eu le moindre intérêt pour la côte. Pour eux ça se résumait à quelques rares virées en stop l'été à Trégana, des Gaulois partout, qui jouaient au volley comme des gonzesses et à qui ils faisaient peur, une eau qui te congelait les burnes, et du sable partout dans les fringues. Ils n'auraient jamais reconnu qu'ils auraient ADORÉ faire comme ces gars sur leurs planches à voile. C'est simple, y avait pas un seul renoi sur l'eau, pas un seul rebeu. À vrai dire, ils auraient pu commencer à maîtriser toutes ces connaissances sur la mer, les bateaux et tout ça dès l'école. Les classes brestoises avaient un accès favorisé aux activités nautiques depuis des années, mais ils avaient tellement épuisé leur instit avec leur indiscipline et leurs conneries, que celui-ci avait renoncé à les y emmener. Les pneus de sa bagnole l'avaient bien regretté d'ailleurs. Pourtant il était, comment on dit déjà, bienveillant et tout, voilà, c'est vrai il était plutôt bienveillant, son seul problème était qu'il voulait vraiment les faire conjuguer, lire, diviser, et toutes ces conneries. Et puis, un jour, il n'était plus venu du tout, et ils avaient vu défiler un nombre incalculable de remplaçants qui tenaient un jour ou deux, et sortaient aussitôt du paysage eux aussi. À cette époque ils se sentaient vraiment plus forts que tout le système. Y avait personne pour les faire plier… 180 se prit à songer que s'il avait eu un prof comme Caroff, il aurait peut-être filé droit.

Il avait compris le truc. C'était tout simple finalement. Entre deux tournées de casiers, ils pousseraient plus loin, à la limite des rails, là où passerait le bateau mère. Bon la profondeur à cet endroit-là ne correspondrait plus vraiment à la pêche qu'ils pratiquaient mais ça passerait quand même, comme s'ils étaient en route vers une autre zone. Ils choperaient la ligne fictive larguée à leur intention, même marquage, même matériel. La seule différence serait le nombre de casiers, inférieur, et le contenu évidemment.

Il avait observé Caroff un long moment, son profil aquilin, les yeux plissés, la façon très simple et efficace de leur expliquer les choses, de les mettre en confiance, de les persuader qu'ils arriveraient à bien appliquer ses consignes, la manière incroyable qu'il avait d'anticiper la moindre vague, l'arrivée d'un grain, l'interprétation qu'il faisait des ronflements du moteur, le fait évident que tout lui tombait sous la main naturellement.

Il avait complètement raison, le boss n'y connaissait RIEN.

Chapitre 11

MARIE

Caroff terminait son café. La petite dormait déjà. Marie était assise en face de Caroff. Il se rendit compte qu'il n'avait plus rien dit depuis quelques minutes, perdu dans ses pensées. Elle lui prit la main, la retourna, examina la cicatrisation d'une blessure superficielle qu'il s'était faite deux jours avant en rattrapant un casier qui serait passé à l'eau sans son intervention.

– Il faut vraiment que tu portes des gants.

Il acquiesça en silence, reposa la tasse.

– Oui, je dois faire plus attention.

– Comment se débrouillent-ils ?

Il haussa les épaules.

– Pas mal jusqu'à maintenant. Ils m'écoutent. Ils apprennent. Yann c'est vraiment un drôle de gars. Il reste muet la plupart du temps. Impossible de savoir ce qu'il a dans la tête. Ne parle plus de conversion en tout cas… L'autre c'est un futé, un inquiet aussi. Il a raison. Je m'en ferais aussi à sa place. Je crois qu'il se pose pas mal de questions. Il ne sait plus trop où il en est. Les autres lui mettent sûrement la pression, mais il ne sait pas quoi en faire, il n'a pas la main sur moi alors ça rebondit dans sa tête. Pas bon pour son moral.

Il la regarda dans les yeux.

– Je pense qu'il y aura trois, quatre livraisons peut-être. Pas plus. La première dans deux jours. On reçoit aussitôt le premier paiement, et on remet ça la semaine suivante et ainsi de suite.

– Pourquoi trois ou quatre seulement ?

Il soupira.

– Parce que la régularité dans ce trafic, c'est la mort. Parce que c'est simplement une transition pour eux d'après ce que j'ai compris… Et surtout parce que ces gars-là, ceux qui sont venus me chercher… Il faut voir les choses en face, Marie, ils ne vont pas nous lâcher…

– Mais…

Il lui toucha le bras.

– Donc, on va disparaître dès qu'on aura assez d'argent, avant qu'ils commencent à se demander jusqu'à quand on sera utiles.

Elle ne dit rien cette fois mais continua à le regarder, les sourcils froncés. Il remarqua un de ses ongles rongé, rouge. Elle eut un signe des mains et de la tête qui montrait à la fois son acceptation de la situation et son impuissance.

– Bon, tu comptes aller où ?

Il se tourna vers la fenêtre, les yeux dans le gris et l'obscurité froide. Elle remarqua à nouveau la netteté étonnante de son visage, le creusement des traits, plus secs, plus durs. Elle nota aussi cette nouvelle façon de parler qu'il avait, plus assurée, beaucoup moins d'interrogations mais des décisions prises et des certitudes énoncées. Elle ne l'avait plus vu fumer depuis des semaines. Après cette attente depuis l'accident, après cette dégradation continue de leur situation ces dernières années, il se relevait. Et elle ? Qu'y avait-il de changé en elle ? Un sentiment de honte monta dans son ventre. Elle observa à la dérobée son reflet dans une vitre et ne se reconnut pas dans l'image brouillée.

– Tu sais, mon cousin, en Irlande. Le cuisinier. Il pourra nous héberger un moment. C'est très beau Galway, tu verras. On ne manquera à personne ici. On pourrait même y rester, travailler là-bas, pourquoi pas ?

– Mais…

Il jeta un œil vers sa fille, se leva pour aller la regarder, lui déposer un baiser sur la joue et la border, puis il revint à la table.

– Et on va abréger aussi parce que Jakez a fait le boulot à moitié sur le moteur. L'échangeur a une tête qui ne me revient pas tant que ça. Ça tient, pour l'instant. Ça pourrait devenir un problème un de ces quatre.

– Demande-lui de passer ! C'est déjà suffisamment dangereux comme ça ! Tu ne peux pas sortir si tu n'es pas sûr du bateau !

Il leva les mains.

– Évidemment chérie. Je surveille ça comme le lait sur le feu, tu penses bien. J'ai consolidé le circuit. C'est bon… Je n'aurais pas dû te le dire. Ça va tenir. Fais-moi confiance.

Elle n'avait pas l'air convaincue, pas du tout. Il aurait vraiment dû se taire…

– Explique-moi tout. Comment tu fais, la procédure. J'ai besoin de savoir, de comprendre ce que tu vas faire, à quel moment… EXACTEMENT.

Il sourit.

– Oui, ça c'est intéressant. C'est mon idée tu sais. Ils remontent de la marchandise du Sud, on la récupère, après ils…

– OK, je m'en moque, je veux savoir ce que TOI, tu fais.

– D'accord. Sur chaque bateau de commerce il y a un système anticollision, en anglais AIS. Cet appareil diffuse une sorte d'écho radar et toutes sortes d'informations sur le bateau, vitesse, cap, et surtout, un numéro d'identification. Tu vois ? Si tu es équipé aussi, tu peux identifier tout ce qui passe, et l'être aussi évidemment. Le truc c'est d'être dans la zone un peu avant le passage du cargo qui t'intéresse et de le repérer grâce à l'AIS. On n'a même pas à communiquer par radio. On le voit arriver, il sait qu'on est là parce que lui aussi connaît ton numéro, tu saisis ? Au passage d'un point donné, il largue, pas besoin de s'arrêter, nous on arrive, on récupère et on se barre. Rien à voir avec un *go fast*. Pas de vitesse suspecte, pas de contact, juste deux bateaux à distance, qui se croisent plus ou moins… C'est tout.

Elle réfléchissait, penchée en avant vers lui. Elle n'avait pas lâché sa main.

– Mais, il y a pas mal de trafic, non ? Je veux dire, les cargos se suivent comme des camions sur une autoroute, c'est à peu près ça, non ?

Il écarta les bras.

– Oui, là tu parles des rails proprement dits. Bon, tu sais qu'il y en a deux. Le premier est montant. Le descendant est plus loin vers la haute mer. Entre les deux il y a une zone neutre de plusieurs milles de large. Nous on va se situer bien plus au sud, avant le dispositif de séparation du trafic. On aura moins de contraintes pour évoluer. On pourra pêcher. Ce sera moins suspect.

Elle souffla, sceptique.

– On n'a jamais, pardon, JE n'ai jamais dit que ce serait simple… il est toujours possible que le bazar soit largué trop loin, au mauvais moment. Il peut se passer des tas de trucs.

Elle était en colère à présent.

– On dirait que tu t'amuses bien. Tu crois qu'ils vont le prendre comment, si tu ne les trouves pas leurs foutus colis de merde ?

Il prit le temps de la laisser se reprendre.

– Quoi qu'on fasse, on n'est JAMAIS sûrs de rien. On maîtrise déjà pas mal de facteurs je trouve. C'est moi qui vais fixer le moment et le lieu du largage. On fera ça avec la bonne marée. Je connais très bien la force et la direction des courants, on ne sera pas très loin. Le colis viendra à nous tout seul pour ainsi dire. Le seul truc c'est de le repérer. Pas moyen d'y mettre de l'électronique qui ferait un bel écho sur leurs écrans au CROSS Corsen. On fera ça à la jumelle. Je peux aussi bricoler le sondeur pour qu'il travaille plus en horizontal. Ils savent qu'ils doivent lester, placer deux grosses bouées, des fanions. Ça va aller, chérie.

Il se leva et alla s'asseoir à côté d'elle, la prit par les épaules. Elle se tourna vers lui et l'embrassa. Elle avait le goût du café, il sentait son cou palpiter. Il la regardait, très calme, comprenant qu'il ne faisait tout ça que pour elle, pour qu'elle continue à le regarder comme maintenant, comme un homme nouveau sur le point de l'enlever, de l'arracher à l'autre Caroff.

Elle aussi le regardait, elle aussi très calme, avec une intensité incroyable, comprenant qu'elle n'y pouvait plus rien, qu'elle ne pouvait plus que lui faire confiance, faire confiance à son homme, et c'était tout.

Caroff ne s'en était pas rendu compte mais Marie avait très mal dormi cette nuit-là, et elle savait pourquoi. Si lui trouvait dans leur situation actuelle l'énergie qui allait les sortir de leur mauvaise passe, elle était réduite à une attente qui la minait peu à peu. Avant qu'ils prennent la décision d'entrer dans cette spirale dangereuse, ils étaient ensemble, à deux doigts d'un drame peut-être, mais ensemble, recroquevillés autour de leur fille, ce petit miracle qui les avait maintenus à flot. Ils avaient retardé au maximum le moment de l'inscrire à l'école, avaient concentré dans leur petit monde toute la dignité et l'attention qu'ils avaient pu mobiliser autour de Gaëlle, et pour elle. Et ils en étaient fiers, à juste titre. Depuis qu'il avait repris la mer il s'était éloigné d'elles sans même s'en rendre compte. Il était absent la plupart du temps, et quand il était là, elle le sentait absorbé tout entier dans la préparation et la planification des prochaines sorties. Elle savait qu'il faisait ce qu'il fallait pour mener cette opération à son terme, et à leur avantage. Elle comprenait aussi qu'il subissait une énorme pression, mais pardessus tout elle craignait de vérifier le sentiment qui croissait en elle depuis le début : il s'était trouvé une mission. Il adorait en fait cette sensation de reprendre enfin sa vie en main, de se sentir maître de ses deux équipiers. Il était en train de réussir peut-être ce qu'il avait échoué à mener à bien précédemment. Caroff était à la poursuite de lui-même et ne s'arrêterait pas avant d'avoir chopé son fantôme par la peau du cou, et tant pis pour les risques à prendre. Elle le comprenait, elle l'acceptait, elle savait que jamais il ne les laisserait. Mais que faisait-elle de son fantôme à elle ? Elle n'en revenait toujours pas de ce visage fatigué entrevu dans le reflet de son miroir hier. Elle aussi devait se remettre en mouvement, consommer de l'énergie, et en produire. Elle avait vu le changement physique dans son homme et sa force mentale nouvelle, l'effet que cela provoquait en elle. Elle s'inquiétait maintenant de l'image qu'elle pouvait renvoyer à cet homme nouveau, des sentiments différents qu'il pourrait ressentir à son égard. Elle ne pouvait pas rester immobile quand tout autour d'elle entrait en révolution. Alors elle résolut de recommencer à s'occuper sérieusement de l'instruction de Gaëlle. Ce qu'elle avait réussi de mieux, lui apprendre à lire, à compter, à observer le monde. À ses six ans il faudrait bien l'inscrire à l'école. Ce serait aussi pour elle le moment de retrouver une activité, d'en terminer avec cette réclusion obligée. Mais jusque-là c'est elle qui assurerait son instruction, qui accompagnerait son élévation. Et puisqu'il était question d'Irlande, il était plus que temps de se mettre à l'anglais. Tenir ce nouvel objectif la rasséréna un peu. Il lui semblait un peu fou, mais très nécessaire. Pas plus fou que ce qu'avait entrepris son homme, et pas moins nécessaire. Elle irait avec Gaëlle à la librairie demain choisir une méthode, avec un beau manuel, des cd audio, tout ce qu'il fallait. S'il ne pleuvait pas elles iraient à pied, malgré la distance. Elles remonteraient les escaliers qui descendaient vers le bas de la ville, longeraient le cours Dajot, s'assiéraient peut-être sur un banc en observant les belles façades, mais plus probablement non, le vent serait trop froid, alors elles feraient un crochet par le château, marcheraient vite jusqu'à la rue de Siam, la remonteraient en tram sur un ou deux arrêts, juste pour le plaisir de Gaëlle, et rejoindraient la petite rue perpendiculaire où elle ferait découvrir un VRAI salon de thé à sa fille, où elles prendraient un chocolat chaud crémeux et des viennoiseries, elle lui ferait lire la carte en s'arrangeant pour que les vieilles dames un peu trop dignes de l'établissement l'entendent bien et corrigent la première pauvre impression qu'elles auraient sans doute suscitée à leur entrée… Gaëlle allait adorer son idée.

D'ailleurs il fallait aussi s'occuper de changer le regard des autres. Quelques vêtements neufs, rien d'extravagant, bien sûr, et… un passage chez la coiffeuse. Que quelqu'un s'occupe un peu d'elles pour une fois.

Oui, ce serait bien. Quelque chose de court, qui surprendrait Caroff, dynamiserait son visage, qui aurait du SENS.

Chapitre 12

RENAISSANCE

C'est le matin. Le jour s'est levé. Le *Marie-Gaëlle* trace sa route. Il monte et descend la houle sans peine. Les hommes sont silencieux. Quelques oiseaux marins suivent le bateau un moment, puis s'en désintéressent, constatant l'inactivité sur le pont. 180 se tient à la droite de Caroff dans la timonerie. Yann est debout au milieu du pont, en salopette, mais sans veste. Il fume. Il plie les jambes, suit les mouvements du bateau, ondule, un casque sur les oreilles, bras écartés, comme sur une planche de surf. Il est ailleurs, c'est Yann.

On voit très bien les Tas de Pois à quelques milles dans l'est. Caroff fonce à douze nœuds, plein sud-ouest. Il veut contourner la chaussée de Sein, s'approcher de la route des gros navires, trouver le sien, celui qui va lui larguer le colis. Les conditions sont idéales, très belle visibilité, le baromètre est bien stable, peu de mer, du soleil, et un équipage qui a enfin arrêté de dégueuler partout. Ils sont encore dans l'euphorie de l'autre jour. Il repense sans arrêt à cette première récupération. Il se repasse le film des événements, l'enchaînement parfait des différentes séquences. Bon sang, il avait d'abord eu un coup de sang devant les affichages multiples du récepteur AIS, tâtonné, les yeux brouillés. C'est 180 qui lui avait désigné le bon pictogramme au milieu de tout ce fatras. Puis il avait procédé exactement comme il l'avait expliqué à Marie. Sauf que ce matin-là le soleil était aux abonnés absents, qu'il pleuvait une pluie froide et penchée, qu'ils en avaient plein les yeux, et que l'essuie-glace avait rendu l'âme en début de matinée… il avait posté Yann dehors avec une éponge, et il essuyait la vitre toutes les trente secondes. Il avait cru devenir cinglé le Yann, trempé, secoué, et malade comme un chien. Caroff avait dû pousser un peu la machine pour arriver dans les temps au bon endroit. À l'heure dite, il avait placé un point GPS sur le traceur, marquant la zone de dépôt, évalué la direction et l'intensité du courant à l'endroit du largage, puis il avait adopté une route perpendiculaire à la dérive estimée de l'engin immergé en balayant la zone, se rapprochant peu à peu de la limite au-delà de laquelle il saurait qu'il s'était planté. Le bateau roulait, prenant les vagues sur le côté. Quand le roulis était trop prononcé Caroff mettait un coup de barre, cassait le mouvement, puis recommençait, pour le plus grand désespoir des deux équipiers. 180 ne l'avait pas quitté des yeux, enregistrant chaque geste, s'inquiétant du moindre de ses froncements de sourcils, supportant de plus en plus mal au fil des minutes le silence où s'était enfermé le patron. Caroff lui avait fourré dans les mains une paire de jumelles beaucoup trop lourdes. Elles bougeaient sans cesse et il n'arrivait pas à faire le point.

– Arrête de jouer avec la molette, bon Dieu ! Balaye juste la mer horizontalement. Cherche une tache de couleur. Dans tout ce gris ça va te sauter aux yeux !

Comme toujours le vieux avait eu raison. Il y avait eu d'abord les échos radar des bateaux un ou deux milles plus loin, puis rien pendant un bon moment, puis enfin cette vision orange fugitive à une centaine de mètres sur bâbord. Il n'avait rien dit, tendant juste le bras dans la direction de l'objet. Caroff avait confirmé au bout de quelques secondes « Ouais ! Ouais, bien joué 180 ! Tu ne le quittes pas des yeux. » Puis il avait tapé à la vitre, fait signe à Yann de lâcher cette foutue éponge et d'aller choper la gaffe. Approcher l'engin avait été rapide, il s'était placé du côté opposé à la dérive pour ne pas risquer un bout dans l'hélice. Ensuite il avait mis au point mort, quitté le poste de barre. Yann et 180 avaient croché et ramené le flotteur de queue, tirant le filin à eux. Caroff l'avait engagé sur le treuil et ils avaient remonté le tout en une quinzaine de minutes à peu près. Il y avait une dizaine de ballots de toile enduite noire, des flotteurs intermédiaires pour conserver une flottabilité neutre à l'ensemble. Ils avaient travaillé en silence, côte à côte. Jetant un œil autour d'eux de temps en temps. Personne, que des oiseaux, déçus de ne rien avoir à becqueter. Une fois les colis en bas, Caroff avait fait demi-tour. Les deux gamins étaient survoltés, ils se tapaient dans les mains, se flanquaient des bourrades de brutes, rigolaient comme deux bossus. Il les avait calmés en leur disant de se préparer à remonter leur ligne de casiers.

– On ne change rien à la routine habituelle les gars. Au boulot !

Ils avaient protesté faiblement, s'étaient regardés, et mis au travail.

Une fois livrées les prises à la criée, Caroff avait ramené le bateau à son emplacement habituel au fond du port, à l'écart des autres. Ils avaient pesé les ballots et envoyé le renseignement par SMS. C'est 180 qui s'en était chargé. La réponse était arrivée dans la foulée. Ils avaient débarqué les colis dans des caisses à poissons, et les avaient chargés dans le fourgon. La tension était montée d'un cran. Caroff avait été clair : paiement comptant, après chaque livraison, non négociable. C'était le moment crucial, celui où la marchandise et l'argent seraient échangés. On leur avait demandé de se rendre à une station de lavage automatique pour livrer et se faire payer. Un gars était là qui passait une camionnette au jet. Ils se mirent derrière lui. Le type termina tranquillement de rincer son camion, vérifia qu'il n'y avait personne d'autre dans la file, ouvrit les deux portes arrière, et leur passa un gros sac. En quelques secondes ils avaient chargé les ballots. Puis il leur fit un signe et repartit. Caroff s'enferma à l'arrière du fourgon pendant que les brosses à poils longs bleu et vert passaient et repassaient sur les flancs et le toit du fourgon dans un boucan d'enfer. Lui n'entendait rien, tremblait légèrement. Le compte y était évidemment. Il calcula les trois parts, les répartit dans trois sacs à dos comme convenu et attendit la fin du rinçage. On frappa sur la carrosserie, les portes arrière s'ouvrirent et il sauta à terre, son sac sur le dos.

– Les gars, je vous laisse. Vos sacs sont dedans. On se voit demain matin, et à l'heure, hein. Faites pas les cons.

Yann hésita puis se lança.

– On pensait peut-être aller boire une bière ensemble pour fêter ça…

Caroff serrait les sangles sur ses épaules.

– Ah bon, on s'aime tout d'un coup ? Y a rien à fêter mon gars. Je vais boire à la santé de qui ? Des pauvres mecs qui vont sniffer ou s'injecter cette merde dans les veines grâce à toi et moi ? À la santé du boss ? Qu'il aille se faire foutre celui-là. Non, sans moi.

Les deux hommes le fixaient, Yann semblait sur le point de pleurer. Il reprit plus doucement.

– Vous, allez-y les gars. Vous avez assuré. Vous avez été bons. Maintenant je sais que je peux compter sur vous. Un conseil quand même, évitez les bars du bassin sud, histoire de rentrer entiers. À demain, et à l'heure !

Et il leur tendit la main, la première fois depuis leur toute première rencontre, il tourna les talons, se dirigea vers l'arrêt de bus au coin de la rue. Yann et 180 l'avaient regardé disparaître sans rien dire.

Ouais, tout ça c'était l'autre fois, la première fois. Les conditions sont bien meilleures aujourd'hui mais ils ne sont pas seuls évidemment… Caroff se retourne encore une fois. Derrière lui à un mille et demi environ il y a un petit chalutier, et encore un autre un peu à l'écart, un senneur. Ils font route comme lui grosso modo. Ça, c'est un problème. Les gars sont encore sur un nuage, n'ont rien remarqué.

180 tourne autour de lui comme un animal de compagnie espérant une caresse. En une semaine il a réussi à les métamorphoser. Ils ont arrêté de parler leur sabir incompréhensible, ils se sont fait violence pour être là le matin AVANT l'aube, ils sont polis ET ils travaillent.

Ils sont encore un peu loin pour recevoir l'AIS mais ils se rapprochent. Il vérifie encore une fois les paramètres des courants de marée, le point de largage est déjà dans la machine. Il se retourne. Les deux autres bateaux sont toujours là. L'un d'eux a stoppé ses machines et a déployé une senne dans un virage rapide, survolé par des dizaines d'oiseaux marins. L'autre continue sa route. Il appelle 180 qui a rejoint Yann un peu avant, découragé par son mutisme, lui confie la barre, lui donne le cap à suivre. Il descend dans l'entrepont, ouvre la cale moteur, écoute, vérifie le niveau de carburant, le bon refroidissement de la machine. RAS. Il referme le capot, remonte en timonerie, attrape les jumelles et va à l'arrière. Il se cale, assis sur le coffre du bib, dos contre l'habitacle, les pieds sur l'hiloire et fait la mise au point sur le chalutier qui les suit. Il s'en doutait c'est le bateau des frères Marric. Il repose les jumelles sur ses genoux, réfléchit, réfléchit, jette un coup d'œil à sa montre. Ils vont tout faire foirer ces cons-là ! Il remonte à la timonerie, accroche les jumelles, reprend la barre.

– Les Marric sont derrière nous. Ils nous suivent.

180 se retourne.

À ce moment la VHF grésille, et ils entendent la voix de Marric aîné leur gueuler dans les oreilles.

– Où tu vas comme ça, connard ! Qu'est-ce que tu fous là, Caroff, toi et tes deux Arabes de merde ?

Les insultes s'enchaînent, les frères Marric sont en grande forme. 180 est devenu pâle. Caroff, lui, sourit, comme soulagé.

– Merde ! On fait quoi ?

– Accroche-toi gamin.

Caroff passe la tête par la porte et prévient Yann dans un cri de bien se tenir. Il attend cinq secondes, puis tourne la barre à fond sans ralentir, le bateau se couche, vire puis se redresse en faisant de drôles de bruits. Des trucs sont tombés en bas et roulent dans tous les sens. Le micro de la VHF s'est décroché et se balance au bout de son cordon. 180 l'entend murmurer.

– Tu vas voir mon salaud…

Et il pousse encore les gaz, droit sur le bateau des Marric. Pendant deux minutes il ne se passe rien d'autre. On ne perçoit que les vibrations du moteur qui se répercutent dans tous les planchers, et le ronflement qui a pris une nuance rauque et méchante. Yann s'est tourné vers la timonerie.

– Qu'est-ce qui se passe ?

Caroff ne répond rien, il fonce toujours sur son objectif. La VHF se met à cracher.

– Caroff ! Qu'est-ce que tu fous ! Qu'est-ce que tu fous ! Merde !

Caroff ne répond pas, il continue. 180 raffermit sa prise sur la main courante. À ce train-là ils vont les percuter dans pas longtemps.

– Chef…

En face, Marric panique, il prend la mauvaise option, il entame un virage, ce faisant il présente son flanc à Caroff qui rugit, comme possédé.

– Quel connard !

À vingt mètres à peine, il coupe les gaz d'un coup et débraye. Le bateau continue à filer sur son erre. Marric, plus gros, plus lent est toujours en train de virer. La collision est inévitable. Au dernier moment Caroff donne un coup de barre, et le *Marie-Gaëlle*, au lieu de l'éperonner, vient toucher le bateau des Marric sur le flanc. L'embardée est terrible, il y a un bruit effrayant. Le bordé supérieur tribord du *Marie-Gaëlle* vient de se fissurer un peu avant le maître-bau. Des éclats de peinture et de bois ont sauté. 180 s'est éclaté la lèvre et saigne abondamment. Yann a valsé, les quatre fers en l'air. Les deux bateaux s'entrechoquent encore une ou deux fois dans les remous qui suivent la collision, et Caroff remet les gaz, reste à une dizaine de mètres du chalutier des Marric, se met à tourner autour. Les salauds ont trois fois rien. Ils sont juste tétanisés, complètement sous le choc. Il empoigne le porte-voix, règle le volume à fond et sort sur le pont.

– Tu vas arrêter de me faire chier maintenant, MARRIC ! Tu es sur MA zone de pêche. Tu DÉGAGES !

Il reprend son souffle.

– J'vous préviens, si vous continuez à me coller au cul, j'vous envoie du PLOMB !

Et il sort un fusil de chasse qu'il brandit haut au-dessus de sa tête. Il regagne le poste de pilotage, termine son tour autour du bateau des frères Marric, complètement silencieux, et repart à fond de train vers le sud-ouest en aboyant ses ordres.

– 180, va voir si on n'a pas perdu Yann. Jette un œil à l'avant tribord et en cale. Tu reviens me dire si on fait de l'eau. Maintenant ! Et ARRÊTE de mettre du sang partout !

La suite se passe à un rythme infernal. Caroff a fait disparaître le fusil on ne sait où. Il a branché le sondeur, qu'il a modifié comme il l'avait imaginé. Il refait le point sur leur situation. L'écho est là sur l'AIS mais ils sont en retard sur le plan initial. Caroff n'a pas un moment de doute, il est juste furieux. Et plus il est furieux, plus il est efficace, méthodique et acharné. Yann est toujours avec eux. Il est à la gaffe, paré. 180 est aux jumelles et fouille les eaux à cinq cents mètres à la ronde, il s'est mis un énorme pansement sur la lèvre inférieure. *Les braves gars.* Ce soir, tiens, il ira peut-être boire une mousse avec eux, mais d'abord, trouver cette merde ! La houle s'est un peu levée, pas idéal pour distinguer une bouée dans les creux. Il a complètement zappé les Marric, histoire réglée. D'ailleurs ceux-ci sont repartis vers le nord, bon débarras. Ils ont dû le prendre pour un cinglé. Il l'est peut-être finalement. Et brusquement le sondeur bipe. Il y a quelque chose devant à droite, une masse trente mètres devant. Il passe la tête, prévient 180, retourne à son poste. Il ralentit, ralentit encore. Merde ! C'est un énorme paquet de laminaires entre deux eaux, peut-être tombé du scoubidou d'un goémonier. Yann et 180 se sont un peu relâchés, ils n'y sont plus trop. C'est maintenant qu'il faut tenir, bon sang.

– Allez les gars ! Il est là devant ! On ne rentre pas les mains vides !

Une heure passe ainsi et toujours rien. Il faut faire quelque chose. Caroff refait encore une fois le point sur l'heure, le point de largage, la carte des courants de marée. Il a dû passer devant, trop dans le sud, le colis est dans leur dos à tous les coups. Il fait demi-tour et décide de reprendre ses allées et venues mais vers la côte cette fois.

Une heure de plus a passé mais ils l'ont enfin. 180 vient lui taper sur l'épaule, il a l'air sorti tout droit d'un film de zombies avec son pansement imbibé de sang et le coquard sous l'œil droit. Le reste se passe sans histoire. Ils sont épuisés.

Les trois se regroupent dans la timonerie. Le bordé tiendra. Pas d'autre dégât apparent. Yann sort un pack de six de son sac.

– Je sais que vous aviez dit pas de bibine à bord mais…

Caroff ne dit rien, hausse les épaules et il lui donne un petit coup de poing amical sur l'épaule.

– Envoie garçon, c'est pas tous les jours qu'on fait fermer leur gueule aux Marric !

180 glousse bizarrement sous son masque écarlate qui a commencé à virer au marron.

– Pien joué chef. Fraiment, resbect.

S'ensuit un fou rire qui dure, s'apaise et repart encore.

– Dites, vous nous avez vraiment foutu les j'tons là avec le flingue.

Caroff repart dans un rire bref, reprend son souffle un instant avant de répondre.

– C'est rien, de la frime. N'est pas chargé… Santé les gars !

Ils le regardent, se lancent un coup d'œil, ils trinquent. Ils rentrent. La rade est déserte. Pas un Marric à l'horizon. SMS, envoyé, reçu. Direction la station de lavage.

Le camion n'a jamais été aussi propre.

Chapitre 13

TONI

180 entre au ralenti sur la placette. Son visage est encore un peu marqué. Il ne pleut pas, ne pleut plus. Tout est plutôt calme. Il y a de vieux et beaux messieurs assis sur des bancs en vis-à-vis. Ils parlent lentement dans le soleil trop rare, certains égrènent des chapelets. Chaque passage lumineux un peu plus prononcé est reçu comme une caresse. C'est l'occasion d'une pause dans les échanges, d'un sourire et d'un petit soupir de contentement. Les plus jeunes sont rassemblés à l'autre extrémité de la place, devant la supérette. Ça fume, ça parle fort. De temps à autre un scooter part faire le tour de l'esplanade en grondant et se cabrant comme un animal, revient en trombe s'arrêter au milieu du groupe, laissant de la gomme au sol, passe dans d'autres mains, et repart pour une autre chevauchée absurde et sans objet. Il y a quelques voitures qui entrent, s'engagent lentement, et passent pour un court arrêt sous le porche qui donne sur une autre partie du quartier, en tout point semblable, avant de repartir, tout aussi discrètement.

180 jette un coup d'œil à son passager. Caroff a posé au sol une grosse boîte isotherme. Il est appuyé contre la portière et observe les lieux, attentif et détendu. Il s'est coupé en se rasant semble-t-il, porte un jean propre, une chemise claire sous un blouson semblant peser une tonne, en cuir épais et éraflé, au col relevé. Et, chose stupéfiante, il porte aux pieds une espèce de paire de bottes pointues usées, complètement ringardes, lustrées avec soin. Le genre de pompes débiles qui t'empêchent de courir quand il s'agit de calter et de sauver ta couenne. Des bottes de flic de série télé des années 1980, autant dire la préhistoire ! 180 ricane une seconde, s'interrompt, troublé.

Mais t'es vraiment une buse ! C'est évident non ? T'as déjà oublié comment il a renvoyé au néant la bande des trouducs l'autre fois ? Tu verras JAMAIS ce mec détaler ! JAMAIS ! Non, ces bottes de cow-boy à la con c'est ENCORE un putain de message subliminal sur QUI est le patron ! Ouais mon pote…

Le scooter revient. Ils vont se croiser. Le gars sans casque ralentit, s'arrête à sa hauteur. 180 baisse la vitre. Il y a un court échange. *Tout va bien. Comme d'habitude, oui, rien de spécial. D'accord.* 180 donne deux trois ordres. Faire gaffe aux petites vieilles qui sortent avec leurs sacs de courses. Il ne veut plus d'accident. *Ouais, c'est compris, pas de problème.* Encore un truc, il n'a pas vu le gamin qui chouffe à l'endroit habituel. L'autre répond un peu emmerdé qu'il est parti chercher à manger, qu'il revient tout de suite.

– Tu ramènes ce naze à coups d'pied au cul ! Là, maintenant ! Et toi j'te mets à l'amende !

Le gosse est vert, il hoche la tête. *Oui, oui.*

180 le congédie d'un geste. Il repart en trombe remettre un peu d'ordre là-bas. Ça gueule et ça agite les bras. 180 soupire, secoue la tête. Caroff n'a rien dit, son visage est impassible. Ce n'est pas son territoire.

On ne voit rien de la rade, toute proche pourtant. À peine s'il perçoit la rumeur du vent qui se perd entre les constructions trop hautes et trop anguleuses. S'il n'y avait quelques goélands en maraude, ou postés sur les toits, on pourrait se croire n'importe où, autant dire nulle part. Le fourgon s'arrête devant l'un des immeubles qui surplombent la place. Il y a des gens aux fenêtres, des vélos remisés sur des balcons trop étroits, du linge qui n'en finit pas de sécher, des antennes, quelques jardinières aussi. Le gars assis sur une chaise dans le hall, absorbé dans son téléphone, se lève à leur entrée, salue 180 d'un sourire, le scrute lui rapidement, hausse légèrement les sourcils et Caroff s'attend presque à devoir subir une fouille à corps, n'est pas sûr de pouvoir le supporter, mais non, l'autre se rassoit et replonge dans son mobile. Caroff pensait devoir monter les étages à pied mais l'ascenseur fonctionne normalement, et les parties communes sont relativement bien entretenues. Quelques tags anciens, en partie effacés, zèbrent le mur de boîtes à lettres, rien de bien méchant. Il y a même une belle plante en pot dans un coin. Caroff n'a toujours rien dit depuis que 180 est passé le prendre au bateau. Alors celui-ci s'agace, s'arrête et se retourne d'un mouvement inattendu avant de s'engager dans le couloir qui mène chez sa mère.

– Bon ! Vous allez rester muet ? C'est quoi ce silence depuis tout à l'heure ? Y a un problème ?

– Aucun. Aucun problème. Je suis impatient de rencontrer ta mère. Comment je dois l'appeler au fait ?

180 l'observe, cherchant à déceler une pointe d'ironie, n'en trouve pas trace, maugrée.

– Ouais… C'est son idée ce repas. Je sais pas ce qui lui a pris. Vous lui dites madame Ruiz, ça ira très bien.

Caroff se rapproche, lui touche le bras, répond à voix basse.

– Écoute. On m'invite, je viens. C'est tout. T'as pas à t'inquiéter. Allons-y. Dis donc tu n'm'avais pas dit que t'étais portugais toi…

Et il le pousse gentiment jusque devant la porte. 180 sort un trousseau, déverrouille et frappe tout en ouvrant.

– C'est nous !

Il a retenu de justesse le *maman !* qui aurait dû ponctuer sa phrase.

Il fait signe à Caroff d'entrer, d'ôter ses bottes. Celui-ci le regarde une seconde, hoche la tête, s'exécute. Comme un ouvrier devant son casier après ses huit heures, 180 dépose sa casquette des Lakers, ses chaînes de pacotille, retire enfin ses baskets. Il lui tend une paire de mules, un peu trop petites, en enfile une lui aussi. De son poster, une Vierge à l'enfant lui sourit depuis le mur, attentive et bienveillante, un doigt pointé vers lui. Ils occupent presque tout l'espace du minuscule hall d'entrée qui dessert plusieurs pièces. Caroff devine la cuisine en face, le salon, une ou deux chambres… 180 lui indique la salle de bains et ils commencent à se laver les mains et les avant-bras jusqu'aux coudes sans rien dire, frottant et brossant de concert. Puis il lui tend une serviette propre, un peu rêche. Ils ressortent, portant encore sur eux l'odeur du savon. Madame Ruiz fait son apparition. Contrairement à ce qu'il imaginait stupidement, la mère de 180 est plutôt grande, un peu empâtée, mais elle a dû être mince dans sa jeunesse. Elle porte ses cheveux encore très sombres assez longs, retenus par un élastique en une queue-de-cheval qui la fait paraître plus jeune qu'elle n'est. Elle est vêtue d'une sorte de blouse sur un pantalon noir et tient encore à la main le tablier qu'elle vient d'enlever. Les parfums de sa cuisine l'ont précédée, et Caroff en a l'eau à la bouche.

– Monsieur Caroff, soyez le bienvenu.

Elle a parlé sans vraiment sourire, presque gravement. Il n'a toutefois pas senti d'hostilité, seulement l'impression étrange d'être celui qu'on attendait, qu'on espérait ? Peut-être… C'est bizarre. Elle s'efface, lui montre la voie d'une main ouverte mais qu'elle ne lui propose pas. Alors il incline la tête, dit simplement merci, lui tend la boîte isotherme.

– Quelques homards, ultra-frais… Pêchés par votre fils.

180 regarde ses pieds, acquiesce sans rien dire. Elle le remercie sobrement, s'éclipse quelques secondes en cuisine, revient et le fait s'asseoir. Maintenant tout le monde se dévisage dans le petit salon plein comme un œuf, de coussins, de quelques fauteuils dépareillés et d'un divan. Elle lui a désigné celui-ci et a fait

s'installer son fils à ses côtés à lui. Le gars a obtempéré en veillant bien à ne pas le toucher, pas ravi, mais sans rien dire. L'ensemble est douillet et propre. Il y a des étagères au mur, quelques bibelots et des livres de poche, des images pieuses encore, un écran plat de taille moyenne. La fenêtre déverse un flot de lumière blanche et on n'entend presque rien de l'agitation en bas. Le scooter a fini par se taire.

Caroff ne dit rien, il sent sur lui le regard en coin de 180 qui n'a pas perdu une miette de son observation des lieux. Madame Ruiz pose les mains sur ses cuisses.

– Monsieur Caroff… Vous croyez en Dieu ?

Qu'est-ce que c'est que ça ? Caroff fronce les sourcils, 180 a le visage inexpressif, il compte les lames du parquet. Caroff se lance.

– Eh bien… NON… Je n'ai pas de jugement sur les personnes religieuses, mais en ce qui me concerne, c'est NON.

Elle ne montre rien, attend, ne le lâche pas du regard. Il se gratte la gorge, se sent obligé de développer, persuadé de sombrer dans le ridicule, pourtant les visages restent graves, tendus vers lui, attentifs.

– … Mais, je prie quelquefois… d'une certaine façon… Oui, on pourrait dire ça… En tout cas, je sais que nous ne sommes pas grand-chose, qu'il y a des forces qui nous dépassent… qu'il faut se montrer humble… Oui, ça je le sais. J'essaye de respecter cela… De m'en souvenir… Voilà…

Il écarte les mains, s'excusant presque. Elle ne dit toujours rien. Elle l'observe, penchée en avant, et puis, lentement…

– C'est bien. C'est bien… Ça n'a pas toujours été le cas n'est-ce pas, monsieur Caroff ?

La réaction est immédiate, cataclysmique. Caroff s'embrase à l'intérieur et dans le même temps son front se couvre d'une pellicule glacée comme sa Golf pourrie les petits matins d'hiver. Son rythme cardiaque s'est emballé et il sent sa jugulaire onduler et palpiter à la manière d'un serpent furieux. Pendant un court moment il lui semble voir flou, et dans la seconde suivante c'est à l'inverse l'extrême précision des détails inondant ses sens qui lui vrille le cerveau. Les yeux affolés de 180 ont les blancs bien décidés à lui manger le visage. Un peu en arrière, la silhouette de madame Ruiz… elle semble avoir capté toute la lumière de la pièce. Elle la restitue maintenant, elle irradie. C'est une lueur solaire insupportable qui le force à fermer les yeux. L'émotion lointaine qu'il maintenait suffocante au plus étroit du garrot étrangleur de sa force mentale depuis toutes ces années vient de s'échapper, de s'arracher à son étreinte désespérée, de remonter à toute force de son ventre à sa gorge, et c'est LUI qui s'étouffe à présent. Il a comme un hoquet, un spasme, et il est persuadé qu'il est en train de crever. Il tombe, inerte et massif. Il chute dans un trou sans fin, éclatant de blancheur crue, parcouru de courants brûlants. Il perçoit des mouvements confus autour de lui, des voix assourdies. Son vertige s'accentue encore et tout se brouille à nouveau.

Tu meurs, Caroff, tu meurs…

Mais non, la mère de 180 vient de se pencher sur lui, de lui toucher le bras. 180 est là aussi à ses côtés, tout près, et voilà, Caroff n'a plus peur. Il sort aussitôt de son apnée involontaire. Ses yeux s'emplissent de larmes qui coulent, fluides et calmes sur le cuir de ses joues. Il n'a pas de sanglots. Ce ne sont pas des pleurs, c'est un ruissellement, une purge, tranquille et continue, une source. Elle a passé un pouce délicat sur lui, a recueilli un peu de son eau puis lui a effleuré le front à deux reprises en une double passe légère. Il s'est laissé faire comme un nouveau-né. Il l'entend demander à Toni d'aller chercher la carafe au frais dans la cuisine. *Toni ? Toni…*

Quand il rouvre les yeux, la crise est passée comme les vaguelettes sur un plan d'eau après le jet d'une pierre lourde et noire. Toni donc voit son visage brouillé reprendre ses traits habituels, avec un peu moins de dureté peut-être mais tout semble à sa place. Le jeune homme lui tend un verre cristallin à la surface sage et tranquille, la promesse que tout ira bien désormais. Il boit. La fraîcheur descend dans son œsophage, emplit tout son être. Il se sent faible, mais apaisé aussi. Ils sont toujours là. Toni s'est rassis à côté de lui et il lui a pris l'épaule, juste le temps de se rendre compte de son geste et de retirer son bras. C'est à lui que sa mère s'adresse maintenant.

– Ne te trompe pas, Toni, monsieur Caroff est un homme fort… Dites-le… Dites-le-nous…

Elle se tait, lui laisse le temps, mais il faut qu'il parle. C'est son tour. C'est MAINTENANT.

Il la regarde, se tourne vers Toni, inspire profondément avant de répondre. Articuler lui est presque impossible. L'effort est si douloureux qu'il lui meule la trachée, lui torture la bouche, et tétanise sa langue. Et c'est à peine s'il reconnaît sa voix, cartonnée, rauque.

– Je ne l'ai pas toujours été... Mais vous avez raison... Je le suis maintenant... Mais... J'ai payé très cher pour y arriver... D'autres encore plus...

Elle opine. Elle regarde Toni.

– Je sais. Je sais.

Chose incroyable aux yeux de son fils, sa mère s'est levée, s'agenouille aux pieds de cet homme assis, un peu tassé sur lui-même et lui pose la main droite sur le bras, la laisse ainsi. Caroff et madame Ruiz ont les regards fondus l'un dans l'autre.

– Je ne vous demande pas de me jurer que rien de mal ne se passera jamais...

Elle ferme les paupières un instant, les rouvre sur lui à nouveau.

– Je vous demande de TOUT faire pour Toni quand il est avec vous...

Il ne répond pas, baisse simplement les yeux, le front qu'elle a béni tout à l'heure et cela suffit. Alors il se redresse, la relève délicatement en la prenant par le bras, toujours sous les yeux du fils abasourdi.

Toni sait qu'il vient d'assister à une métamorphose. Il ne l'a pas encore bien comprise mais quelque chose de cette transformation l'a effleuré lui aussi, et ça, il le sent, il le sait. Tous ont été marqués. Les équilibres ont changé, le monde n'est tout simplement plus le même. Ce qu'il n'arrive pas à bien discerner, c'est la part prise par sa mère dans le déclenchement du processus, à moins que l'épicentre ne soit Caroff... que TOUT vienne de lui...

Le repas s'est passé dans un silence presque continu. Ils ont mangé lentement le riz, les légumes et le poisson. Ils ont bu un vin trop fort, avec de l'eau, terminé par un café, fort aussi, avec encore de l'eau. Et c'est tout. Ils partent.

Au moment de se quitter elle lui a serré la main droite des deux siennes. Il s'attendait à ce qu'elle lui baise cette main, la main de l'action, de sa puissance, celle qui se porte sur les choses et les êtres, il aurait trouvé ça naturel, mais non, une longue et forte pression simplement. La Vierge est toujours là, en faction, bienveillante. Et les voilà partis.

Caroff est assis très droit contre le dossier, les paumes à plat sur les genoux, le regard perdu. Il ne s'est pas encore complètement remis de ce qu'il vient de vivre. Toni non plus d'ailleurs. Il secoue la tête, regarde Caroff d'un œil nouveau. Il se demande si ce n'était pas… quoi, un foutu miracle ? Ils ont continué ainsi dans la nuit, sans rien dire, et puis, arrêtés à un feu…

– Vous savez, ma mère, elle sait tout. Le bizness dans le quartier, ce qu'on fait vraiment sur votre bateau, elle est au courant de tout… Elle en souffre bien sûr… Mais tout ça (il fait un geste rond et ample), tout ça, l'argent liquide, les gros bonnets du Sud, la vie plus facile, c'était plus fort qu'elle, plus fort que moi… Jusqu'à ce que vous arriviez… Je vais arrêter vous savez…

Caroff se tourne vers lui sans rien dire. Il attend la suite, anticipant chaque mot du garçon, effrayé presque de percevoir son aura dans les yeux noirs de Toni, et le mal qu'il aura à le convaincre de se détacher de lui le moment venu.

– … Toute cette merde… J'ai pris ma décision aujourd'hui… grâce à votre exemple.

Caroff sort de son mutisme. Sa parole est lente et basse, prudente et sensible comme une plaie tout juste refermée, à peine cicatrisée, et Toni tout entier est tendu pour n'en rien perdre.

– Mon exemple ? Quel exemple ? Écoute, Toni (le gars ne relève pas le changement de nom, il laisse faire) je suis pas ton père, je suis pas ton sauveur ou je sais pas quoi… Je t'aime bien…

Il se reprend.

– Non, ce n'est pas ça du tout, excuse-moi, je t'aime BEAUCOUP… et tant mieux si tout ça te sert à… je sais pas… à découvrir des vérités sur toi-même et sur ta vie… Ce que je peux te dire, c'est qu'on est seul, presque toujours, et que comprendre les choses essentielles, ça brûle… Ouais, c'est ça, c'est un feu… Regarde ma gueule, gamin… Tu vois bien…

C'est repassé au vert. Toni n'a pas redémarré. Le véhicule derrière eux ne s'impatiente pas. Pas de coup de klaxon rageur, pas de main levée, de noms d'oiseaux. RIEN. Ils pourraient rester ainsi un siècle entier. Autour d'eux l'univers s'est figé. Le monde les attend parce que c'est ainsi. Caroff termine.

– … Un jour prochain j'aurai disparu du paysage, d'une façon ou d'une autre, et tu seras face à toi-même… Tu vois ?

OUI, Toni le voit, il le regarde comme jamais, et il SAIT qu'il marche vers l'incendie dont parle Caroff, qu'il entre dans la zone dangereuse, mais il n'est pas tout seul, pas encore.

Chapitre 14

BABETH

Brieuc décida d'y aller par la route. Il voulait partir tôt, descendre la voie rapide jusqu'au Faou, marcher un peu le long des anciens quais, faire le tour de la chapelle en pierre de Logonna, jaune et ocre, ponctuée de kersantite presque noire, prendre un café avec elle, peut-être à la vieille brasserie de l'ancienne place, sombre et tranquille, rejoindre leur véhicule par les ruelles pavées et quitter la petite cité en montant la route en lacets vers Rosnoën, rouler jusqu'au belvédère qui dominait Trégarvan, les grandes courbes du cours d'eau déjà amariné, s'y arrêter évidemment, se redire une fois encore comme cet endroit était extraordinaire, l'embrasser peut-être, puis repartir et traverser l'Aulne en empruntant le magnifique pont à haubans courbe qui enjambait le fleuve et ses rives boisées, les pentes qui se donnaient de faux airs de falaises suicidaires et déboulaient en coulées vertes échevelées et luxuriantes, remonter les pentes du Menez Hom et piquer à droite, remonter finalement toute la presqu'île jusqu'à Camaret.

Oui, ils allaient faire tout cela, si elle acceptait de l'accompagner. Brieuc avait revu Babeth un peu trop souvent ces derniers temps, négligeant presque ses nouvelles obligations. C'est elle qui avait calmé ses impatiences et l'avait rassasié, rassuré aussi d'une certaine façon, et puis elle avait repris un peu de distance. Elle voyait se dessiner un scénario déjà plusieurs fois vécu, toujours dans la souffrance et la déception pour quelques hommes qui s'étaient imprudemment attachés à elle dans le passé. Et pourtant… Pourtant quelque chose était différent cette fois… Sans rien en dire à Brieuc, elle avait presque du jour au lendemain cessé de rencontrer ses autres contacts, lui réservant de plus en plus de temps, d'attention aussi… Et elle s'était mise à l'appeler par son prénom, et CELA, il l'avait enregistré. Elle s'était aussi abandonnée à lui livrer quelques éléments de sa vie récente. Brieuc aimait COMPRENDRE les choses d'une façon générale, il s'intéressait aux autres, manifestait souvent une vraie empathie. Babeth avait ressenti profondément cet aspect de sa personnalité, et sa curiosité à son égard l'avait touchée. Elle était pour lui une sorte d'énigme. Quel était son parcours ? Qu'est-ce qui l'avait amenée à se vendre ainsi, car il s'agissait bien de ça, non ? S'il n'avait jamais formulé aussi clairement ses interrogations, elle avait répondu partiellement, évoqué un drame familial subit, des études médicales interrompues, des ambitions initiales rendues impossibles… Cela n'expliquait pas tout, mais c'était un début. Il s'en était contenté, pour l'instant, et elle lui était reconnaissante de cette retenue, de l'absence de mépris dans ses gestes, ses mots. C'est avec curiosité et une vraie satisfaction partiellement dissimulée qu'elle avait répondu positivement à son invitation, excitée à l'idée de cette escapade, troublée aussi par l'impatience de l'attente. Ils avaient roulé lentement, les vitres légèrement ouvertes. À un moment elle lui avait posé la main sur l'épaule, puis plus tard sur la cuisse, sans rien dire. Un geste simple, tendre, spontané, gratuit.

Ils y arrivent en toute fin de matinée, à temps pour s'arrêter acheter une bouteille de pomerol, un bouquet de lys et une pâtisserie. Ils font quelques pas dans la rue des peintres, il y a quelques galeries ouvertes, rien pour arrêter vraiment leur regard curieux. Alors ils gagnent les quais, décident d'aller jusqu'à la jetée, puis poussent encore jusqu'à la tour Dorée, cette fameuse pierre encore. Lui observe les pontons du port de plaisance, il commente les bateaux, les vieux langoustiers. Elle l'écoute. Elle est blottie contre lui sans qu'il s'en étonne. Ils restent là encore un moment à se gaver les poumons puis s'arrachent à la contemplation du large juste avant de ressentir le froid et regagnent leur véhicule. Brieuc trouve sans peine l'impasse, plus haut en direction de la pointe de Pen-Hir. La maison ancienne, blanche et grise est cernée d'une glycine dépouillée de ses feuilles mais qui doit être superbe à la belle saison. Dans le jardinet, devant la maison, un banc de pierre, quelques grandes auges de granite, une ancienne bouée délavée, une allée gravillonnée de blanc, un appentis sur le côté, une gamelle posée sous l'avancée du toit. Un coup de sonnette, puis une courte attente dans le sas vitré assez vaste qui isole l'entrée des vents marins et du froid. Il y a du mouvement derrière la porte et sa grille de fer forgé typique des années 1920. La porte s'ouvre en grand sur une Josette souriante et ridée comme une vieille pomme. Dans la fraction de seconde que met la porte à s'ouvrir complètement, il aperçoit une patère chargée de vestes et de casquettes, l'entrée de la cuisine à droite, un escalier pentu au fond, il entend le cliquetis des griffes d'un chien sur le carrelage, un air de musique baroque en sourdine, des senteurs de cuisson flottent dans l'air, et il sent sur son visage la chaleur du radiateur installé dans le petit hall d'entrée. Il se demande vaguement s'il reste encore de la place pour quelqu'un ou quelque chose dans cet espace tant il lui paraît empli, plein et complet. Le temps à peine de penser tout cela et ils suivent le mouvement initié par cette main tiède et ferme qui les invite à entrer. Une seconde encore et quelques mots rapides.

– Allez, je vous embrasse tous les deux !

Des bises claquent, qu'ils rendent joyeusement dans le mouvement. On leur prend leur vêtement, et ils se retrouvent de nouveau seuls dans le hall pendant un instant. Devant eux, un beau miroir ancien, à la vitre légèrement ternie, et ils se voient, ils se regardent sans rien dire, un petit sourire aux lèvres. Il se redit combien elle est sobre, élégante et séduisante et se demande ce qu'ils vont faire de cette relation nouvelle qu'il sent éclore. Babeth se sent bien. Elle a vécu cette longue promenade depuis la ville comme une parenthèse, une réalité parallèle étrange, légèrement irréelle, un rêve. Celui-ci se poursuit à présent dans cette maison de famille parfaite, chaude, odorante. Au moment d'embrasser Josette elle a fermé les yeux une fraction de seconde, juste le temps de se revoir petite fille chez sa grand-mère, de recevoir pleinement cette affection spontanée et entière. Puis les cliquetis encore, et un chien de belle taille, un retriever qui arrive, amical. Brieuc s'accroupit, laisse le chien les renifler, lui lécher les mains. Il se penche, le caresse, se redresse, se dit qu'il va falloir se les laver maintenant. *Pas malin Brieuc.*

Babeth a un petit rire. La voix à nouveau dans leur dos, ils se retournent.

– Entrez, ne restez pas là.

Ils sourient. Ils suivent Josette, font quelques pas sur le parquet acajou en direction du salon sans doute. Ils lui tendent les fleurs, le gâteau.

– Oh, comme c'est gentil, merci !

Et c'est reparti pour les bises, des sourires et de la joie, un peu démonstrative. Elle lui laisse la bouteille.

– René va descendre, il finit de se raser !

Aussitôt, c'est l'image de son grand-père devant le lavabo de la salle de bains, en tricot de peau, épaules et bras nus, le visage couvert de mousse qui vient à Jos. Josette repart vers la cuisine. Les voilà dans le salon. Le voilà devant Babeth. Elle a un petit sourire, un murmure, *Je ne devrais peut-être pas être ici. Il y a eu un changement de programme. Ce n'est pas désagréable.*

Il opine, sourit aussi, il pense que la vie n'est qu'une suite continue de changements de programmes. La pièce est vaste et claire, un bow-window y est pour beaucoup. L'ameublement est désuet mais donne envie de s'installer confortablement et il s'y sent tout de suite bien. Une bibliothèque un peu anarchique court le long du mur, il y a trop de livres, beaucoup de poches entassés. Dans un coin, une vieille platine Dual, et Haendel qui tourne. Babeth s'assoit, lui aussi. Le fauteuil est un peu fatigué mais très agréable, impossible de rester perché au bord, alors il s'y coule, tant pis s'il semble un peu trop à l'aise.

– C'est un piège ce fauteuil. Une invitation à la sieste.

Alors elle se lève sans rien dire, et vient s'installer contre lui. C'est le chien qui entre, maintenant, queue battante, et qui vient se coucher devant eux. Il les regarde alternativement puis pose la tête au sol devant lui comme le font les chiens. Au bout d'une minute Babeth lui pose un baiser sur la joue, se lève, va jusqu'à la cuisine en proposant son aide, acceptée aussitôt.

– Alors, j'avais commandé un taxi je crois bien ! Il est où ?

René vient d'entrer à petits pas, le voyant installé dans son siège favori.

– Ah ça n'a pas traîné, il a pris le meilleur fauteuil !

Et il rit, Jos se lève, ils se serrent la main, René lui appuie sur les épaules pour qu'il se rasseye et s'installe en face.

– Merci. Merci vraiment d'être venu. Ça fait une petite trotte quand même. Mais où est ton amie, tu l'as déjà perdue ?

Brieuc lui désigne la cuisine, un peu chamboulé. Il tend le vin, accepté avec un grand sourire.

– Il faut l'aérer le petit !

Il trouve René un peu marqué, un peu essoufflé. Il lui répond qu'il est aussi très heureux d'être là, qu'il espère que plus de clients auront la bonne idée de l'inviter les dimanches. Il lui parle de la route qu'il a suivie, de leurs arrêts au Faou, à Rosnoën. Les femmes les ont rejoints, apportant des bouteilles, un plateau, des amuse-gueules. On l'écoute parler, on est d'accord, c'est vraiment charmant le fond de la rade de Brest, cet entre-deux, terre et mer, et Rosnoën, vraiment magnifique. On leur propose une flûte. Il y a une seconde de silence un peu solennel, comme si on s'apprêtait à annoncer une nouvelle importante, une bonne nouvelle, quelque chose à fêter. Et puis non, les verres tintent joliment au moment de trinquer, on boit. Des sourires à nouveau.

À table, René, enthousiaste, raconte par le détail leur passage à l'île de Sein, assaille Brieuc et Babeth de mille questions. Elle s'en tire plutôt bien, évoque un passé récent dans une activité d'auxiliaire médicale, trop précisément évoquée pour être fictive, annonce une réorientation en cours, des choix importants à venir… Évidemment ils croient comprendre, sourient et hochent la tête. René revient sur leur rencontre dans une librairie, taquine Brieuc. Josette trouve bien sûr qu'il en fait trop et finit par l'interrompre silencieusement d'une main ferme posée sur l'avant-bras. C'est au tour de Jos d'interroger les Duros, de rebondir sur une réponse évasive ou prometteuse, car il sent que ses interlocuteurs souhaitent le voir les pousser dans leurs retranchements, lui sont reconnaissants de cet intérêt, de son regard amical, et c'est l'histoire du couple qu'ils déroulent ensemble le temps du repas : les affectations successives, le travail de couturière de Josette, les grossesses jamais arrivées à terme… les progrès faits depuis leur époque…

Le pomerol a fait son petit effet et René est un peu ivre, il en est conscient et n'a plus touché à son verre depuis un bon moment. Silencieux et digne, il regarde sa tablée, il est heureux et triste à la fois, sans bien savoir pourquoi. Ce n'est pas une sensation si désagréable. *C'est vraiment un chic type ce Brieuc.*

Il regarde sa femme, se rend compte qu'elle devait l'observer elle aussi. Elle a les yeux qui brillent un peu. *Tout ce chemin parcouru, si long, si bref, pour être ici aujourd'hui. C'est comme ça, c'est bien.*

Et puis il retrouve un peu d'énergie, se met à raconter quelques histoires assez énormes datant de ses années au service des douanes. Les femmes se regardent, soupirent, se lèvent, prétextant le café à préparer, les assiettes à dessert à aller chercher et les laissent seuls un petit moment. Jos se demande dans quelle mesure il n'exagère pas le Duros. Celui-ci le regarde, un petit sourire en coin. Puis il repousse son assiette, sa chaise et se lève.

– Viens avec moi jusqu'au bureau, je vais te montrer un truc.

Jos suit le petit bonhomme jusqu'à une pièce, il entre derrière lui, fait un pas sur le côté, René ferme la porte. Il y a des photos au mur, Josette devant la glycine, René tenant un bar de belle taille, pas d'enfants ni de petits-enfants. René ouvre un tiroir, lui jette un coup d'œil en coin, répond à la question qu'il n'a pas formulée.

– Approche.

Il pose une boîte à chaussures sur le plateau du bureau, l'ouvre, soulève un chiffon, et Jos devine ce qu'il va lui montrer. Bingo. René a baissé un peu la voix.

– Walther P38. Je l'ai récupéré il y a des années lors d'une saisie.

Il éjecte le chargeur (vide) en tremblant un peu, fait jouer la culasse, rabat le chien doucement. Il a l'air d'y tenir.

– Tiens, prends-le en main.

L'arme pèse son poids. Il l'observe. Elle est froide, elle sent l'huile.

– Plus ou moins un kilo chargé. Pistolet allemand. 8 coups. J'ai jamais tiré avec. Je vais le faire un de ces jours.

Jos lève les yeux vers lui, dubitatif.

– Bon, j'aimerais bien en tout cas. J'ai deux boîtes de cartouches. En service on avait un revolver Manurhin. Très simple, fiable. Je l'ai jamais utilisé non plus, en situation je veux dire. Je tirais pas mal à l'entraînement, c'est assez grisant. Aujourd'hui, c'est plus dur. Il y a des armes qui circulent un peu partout tu sais. C'est effrayant. Ouais… Josette ne sait même pas que je l'ai. Elle n'aimerait pas, et puis, il n'est déclaré nulle part… Je te le donne si tu veux. Je crois que je n'en ferai rien finalement.

Jos se demande s'il y a un sens caché derrière cette conversation, il est un peu mal à l'aise.

– Je crois qu'il est plus à sa place ici. C'est un souvenir non ? Ce n'est pas rien de donner un souvenir, René.

– Oui. C'est pour ça que je te le proposais… Je vais le ranger.

Il y a un silence, puis Jos reprend.

– Et comment tu vas depuis notre virée, René ?

René enveloppe l'arme, referme la boîte, la replace dans le placard et se retourne vers lui.

– Je vais pas bien. Je ne vais pas bien du tout, mais j'ai pas l'intention de parler de ça maintenant. Merci de demander.

Il fait un pas maladroit de côté qui le fait trébucher. Jos lui prend le bras, le stabilise.

– Merci fils. C'est rien. Je pense que le café est prêt.

Ils s'en retournent vers la salle à manger. Le café fume, la tarte au citron n'a qu'à bien se tenir pourtant la conversation a doucement changé de nature. L'épisode du pistolet a un peu perturbé Jos. L'ambiance est plus grave comme approche la fin du repas. Après une dernière gorgée de café, René lève cérémonieusement sa petite cuillère et la fait tinter contre sa tasse. Josette le regarde, une larme glisse sur sa joue. Babeth lui a pris la main. Ni Josette ni elle n'ont l'air surprises. Les deux femmes ont parlé dans la cuisine et elle sait ce qui va suivre.

– Bien. Voilà. Jos je vais faire simple.

Il le regarde, les mains posées à plat sur la table.

– Il me reste très peu de temps. Très peu… Je serai incinéré, après mon décès.

Il réalise soudainement ce qu'il vient de dire et se met à rire, Babeth se met à rire, puis Josette se met à rire, et enfin Jos. Les rires prennent de l'ampleur, les larmes coulent, on se tamponne les yeux. On reprend sa respiration. Le calme revient.

– Bien, tout le monde aura compris, APRÈS donc, une chance. Nous souhaitons une dispersion des cendres en mer. On s'est renseignés, c'est tout à fait possible. On a déjà l'urne. Il faut qu'elle soit dégradable, patati, patata... On aimerait que tu le fasses. J'aimerais choisir un endroit avec toi. J'ai déjà une idée.

Tout le monde regarde Jos. Il n'est pas étonné. Il veut le faire, bien sûr. Il le dit, précise d'une voix un peu étranglée que son agenda est complet avant longtemps, qu'il va falloir être très patient. René secoue lentement la tête. Un merci muet passe entre eux, rebondit, revient vers Babeth, Josette, et s'évanouit dans les regards mouillés à nouveau. Alors René se lève. Il se sent un peu fatigué. Il va faire une sieste, demande l'aide de Brieuc, ils montent. Josette et Babeth restent seules, elles se regardent silencieusement, attendant sans faire un geste l'assèchement de leurs paupières gonflées.

Jos et Babeth marchent sur un sentier côtier en direction de Pen-Hir. Elle tient le chien en laisse. Une envie mutuelle croît en eux depuis leur départ de la maison, depuis les premiers mètres dans la rue. Le vent s'est levé alors elle s'appuie sur lui. Il la prend par l'épaule et ils marchent en silence dans l'air qui monte de la mer. La lumière est rasante et blanche, l'air, puissant, froid et sans odeur pour une fois. Ils sentent tous les deux cette énergie générée autour d'eux et en eux, qui cherche une cohérence, qui cherche à circuler. Ils la captent. Ils la sentent dans chaque point de contact entre eux, mains, hanches et cuisses se touchant et s'éloignant au hasard des cahots, de l'irrégularité supposée du sol sous leur pas. Cela n'a rien d'une promenade digestive. La marche est rude. Chaque pas en avant est une mise sous tension. Une captation d'énergie. Une accumulation impatiente. Leur vision se focalise sur des fragments d'eux-mêmes et du paysage, une mèche de cheveux barrant un visage, un regard attrapé au vol, les chaussures battant le chemin, une pommette échappée du col, la roche grise et floue, la lande comme un tapis impressionniste. Progressivement le froid tend la peau sur les visages, refroidit le nez, durcit mains et pieds, ramène toute la chaleur aux cœurs palpitants.

Chapitre 15

RENÉ

La rue du Général-Paulet, longue, très longue, est perpendiculaire au grand boulevard, partagée de part et d'autre, point qu'il n'a pas vérifié, et Brieuc le regrette maintenant. Il n'a pas pu se libérer avant, il aurait dû.

Près de la prison, lui avait-on dit. Or il avait dépassé la prison depuis plusieurs centaines de mètres et n'avait toujours pas vu d'indication annonçant la proximité de la salle funéraire. Son entrée nerveuse dans une vaste zone commerciale ponctuée de ronds-points inconnus l'incite à faire demi-tour et à repasser en sens inverse devant la maison d'arrêt. Attentif à tous les panneaux, il roule plus lentement, se fait corner par quelqu'un de trop rapide, se range sur le côté, et vérifie l'heure à son poignet. Il n'est pas encore en retard. Pas encore en retard. Bon sang.

Il passe un bref appel infructueux à Babeth déjà sur place : *Merci de laisser votre message*… La perspective de ne pas arriver à temps lui est soudain insupportable, et dans la seconde, le téléphone qui vibre,

Babeth qui rappelle, deux trois explications simples, précises, énoncées lentement à voix basse, comme un préalable à la cérémonie qui va suivre.

La centaine de mètres de marche imposée par le grand nombre de véhicules parqués lui permet de se calmer un peu. Babeth est là, un peu à l'écart, et non loin, Josette, entourée de proches qu'il ne connaît pas. Les rangs s'ouvrent quand elle s'avance vers lui et le prend dans ses bras. Ils se séparent enfin et la vieille dame est soutenue vers le bâtiment par d'autres personnes assez âgées également.

L'assemblée chuchotante emplit la cour de l'établissement, déjà dans des postures collectives inconscientes reproduites à mesure de chaque arrivée nouvelle. On cherche du regard des visages connus. On les trouve. On s'étonne de certains, changés d'une manière que l'on n'avait jamais observée, marqués d'une tristesse déjà manifeste. D'autres esquissent un sourire, vite repoussé comme indésirable. Les groupes absorbent ainsi les arrivants tardifs, par affinités, et personne n'est seul. Personne n'est apparemment seul. Cette attente en nombre fait son effet, ils sont tous prêts maintenant, les échanges incongrus du début ont disparu, ou sont plus graves, la foule s'est préparée à atteindre le niveau d'émotion suivant.

– Si tu veux… Babeth lui prend le bras, elle désigne la pièce où repose René. Il acquiesce. Deux pas et il entre dans la chambre funéraire qui lui semble minuscule. La famille, restreinte, est là sur le côté, assise, et elle pleure doucement. Il contourne des gens inconnus et s'approche. Il ne reconnaît pas vraiment

René. C'est une dépouille glacée, caricature ratée de l'homme qui anima ce corps de ses pulsations, de son souffle. Il ne ressent rien pour cette chose inerte et n'a pas le temps de s'en faire le reproche. Josette le voit entrer à travers ses larmes et il lit son prénom sur ses lèvres dans un soupir fort qui le déchire. Elle ne peut pas se lever, alors il se penche vers elle et ils s'étreignent encore. Trois mots amers et calmes, comme une évidence qui ne devrait surprendre personne de sensé.

– Saleté de vie.

Il murmure la seule réponse acceptable dans un souffle.

– Oui.

Il la garde dans ses bras et la sensation précise de ce moment se dilate dans son esprit. Il ressent la pression de ses mains dans son dos, une larme qui passe d'une joue à l'autre, il mesure la force de ses bras autour de la petite femme chiffonnée. Dans l'air quelques mots indistincts, et en lui une bulle d'émotion au creux du ventre qui grossit doucement. Ils se détachent, il se rassoit. Il est temps de sortir. Il n'a pas regardé René à nouveau et s'en veut.

On vient les prier de contourner le bâtiment, de prendre place. La salle rectangulaire est vaste à ses yeux, occupée déjà par un grand nombre de personnes assises. Les chaises de devant sont encore vides, réservées aux proches. Il y va donc, après une hésitation, entraîné par Babeth. Derrière, on se cale le long du mur du fond, les mains dans le dos. On se racle la gorge. Beaucoup de cheveux gris, beaucoup d'hommes et de femmes dans leurs soixante-dix ans, ou plus, quelques personnes plus jeunes aussi. Les vêtements sont assez majoritairement sombres, vestes, quelques blousons de cuir démodés, chaussures habituelles mais cirées pour l'occasion, des chemises, certaines fermées jusqu'au col, d'autres déboutonnées, quelques rares cravates. Il a sous les yeux une vraie communauté, homogène, de petits Blancs modestes, d'extraction ouvrière, d'employés et d'agents de maîtrise, nombreuse autour du souvenir d'un de ses membres disparu. Il réalise que les Duros semblaient avoir bien réussi. Ils avaient eu leur belle part des Trente Glorieuses. Il se souvient de son grand-père paternel, natif de la cité du Ponant, ouvrier ajusteur fraiseur à l'arsenal.

C'est une cérémonie civile, ici pas de curé, mais une dignité simple et sincère. L'officiant a les propos et la voix de circonstance, le respect qui se doit, et Brieuc devine que lui aussi est issu de cette foule. Ses mots sont simples et justes. Des morceaux musicaux alternent avec des témoignages de proches. Le frère de René est le premier intervenant. Puis très vite on l'appelle, il sursaute, surpris, hésite, et gagne le pupitre sur lequel il penche sa haute stature. Dans la salle, pas un mot. Le téléphone fâcheux qui sonnera à deux reprises un peu plus tard ne s'est pas encore manifesté. Rien ne trouble les mots simples qu'il a choisis. Il raconte ce premier repas chez les Duros, il y a quelques semaines, la qualité humaine simple et essentielle qui lui a été offerte, qui l'a touché, qui a révélé la belle humanité de cette famille. Les larmes sont plus fréquentes maintenant dans les travées, comme un écho sourd et profond à la détresse voilée des intervenants qui lui succèdent au pupitre. Une personne doit sortir, soutenue par des camarades. Le téléphone intempestif a joué son petit rôle de trouble-fête mineur. La cérémonie touche à sa fin, on annonce la crémation à 14 heures, dans l'intimité de la famille.

Ils sortent. Ils sortent et l'instant magique, éprouvant et unique de cette communion se dissout en quelques secondes. La foule se disperse, des mouchoirs sont encore nécessaires. Quelques saluts, accolades, et l'émotion sort de cette foule, la quitte comme une marée de fort coefficient.

Il aperçoit son reflet dans une vitre. Josette paraît perdue, elle est entourée de vieilles personnes comme elle. Brieuc va jusqu'à elle, l'embrasse de nouveau, cède la place aux quelques proches, recule de deux pas. Une voiture emporte Josette.

Il retire sa cravate. Le parking se vide.

Babeth est là. Il faut partir.

Chapitre 16

Le Quintal

Caroff n'entend au début qu'une espèce de murmure essoufflé, un chuchotement rauque, à la fois faible et impérieux, croit reconnaître la voix.

– Toni, c'est toi ?

Il regarde sa montre, deux heures. Caroff est allongé sur une bannette sur son bateau. Il dort à bord cette nuit avant un départ au lever du jour. Plus simple, moins de dérangement pour les filles.

À l'autre bout le gars semble respirer un peu mieux, recommence à articuler à peu près clairement. Il y a d'autres voix vociférantes à l'arrière-plan.

– Je suis coincé dans les chiottes, patron…

Caroff a pigé en une seconde et une rage sourde le prend. Il leur avait dit et redit de ne PAS traîner sur le port après le boulot, de ne JAMAIS prolonger une soirée dans un des rades qui bordent les bassins sous peine de tomber un jour sur les Marric et de se faire écharper… Et évidemment ces deux idiots avaient quand même voulu aller se rincer le gosier en territoire indien.

– … C'est Yann… Y'avait rien à faire pour le décider à rentrer…

Caroff s'est assis, le téléphone coincé entre l'oreille et l'épaule, a commencé à s'habiller. Yann… Nom de Dieu… La colère est toujours là et il tremble très légèrement, c'est un frémissement qui parcourt ses poings, ses bras, ses épaules.

– Vous êtes où Toni ?

– J'suis au Quintal… Yann s'est tiré… Les Marric sont là au complet…

Au Quintal… Caroff crispe les mâchoires. Pouvaient pas tomber pire, un bar à dockers purs et durs, une espèce d'amicale de mastards agressifs dingues de viande rouge et de bière brune… La balance industrielle déglinguée devant le bar décidait de qui pouvait consommer ou pas dans ce bouge. Les gars sous les cent kilos et qui insistaient quand même pour entrer s'en tiraient avec une grosse taxe maison, 50 € par kilo manquant, ou une bonne raclée, au choix… Des malades… Caroff ne comprend même pas comment ils ont pu seulement y mettre un pied… *Yann s'est tiré… Le petit salaud…*

Il y a des bruits sourds, très proches. Toni s'essouffle à nouveau dans la panique qui revient.

– Patron ? Patron ? Ils ont l'air décidé à défoncer la porte…

– Toni, écoute, je viens… Je suis pas loin. Reste…

La communication s'est interrompue… Bordel ! À cette heure-ci ils sont tous largement imbibés, n'ont plus soif du tout, juste envie d'emplafonner le pauvre mec, de lui faire cracher ses dents, de lui écraser les burnes et de le jeter dans un bassin pour finir. Voilà le programme. S'il ne se dépêche pas, Toni va vraiment morfler. C'est même sans doute déjà commencé. Caroff monte dans la timonerie, il porte un cuir craquelé, des godillots, un bonnet. Il attrape la boîte de feux de détresse sous le poste de commande, y pêche deux fusées qu'il fourre dans une poche, chope la barre de fer qui sert à déverrouiller le cabestan et se rue sur le quai, commence à courir dans la nuit. Il a pensé un instant à prendre le fusil, et a renoncé, trop de risque d'être emporté par l'adrénaline et la colère. Le Quintal est tout près. *ALLEZ le vieux !*

Cinq minutes de course plus tard, il est devant la devanture opaque, complètement hors d'haleine, mais il y est. La rue est déserte. Le tout-terrain des Marric est là, laissé n'importe comment devant le bar, et il les imagine bien arriver en trombe après qu'un connard les a appelés pour leur signaler les deux larbins de Caroff. Il y a une lumière sourde et jaunasse qui suinte dans la rue comme de la pisse froide, des éclats de voix largement étouffés. Caroff n'a jamais fréquenté ce trou à rats, pas le bienvenu, mais il sait que la ruelle à droite permet d'accéder à une porte de service fermée par un cadenas. Avant, deux coups de barre à mine dans la vitre conducteur de l'Audi suffisent à péter le verre Sécurit, à faire couiner l'alarme. Tant mieux ! Rien à foutre ! Caroff a retrouvé son souffle, il arme un des fumigènes de détresse, le balance à l'intérieur où il commence à rougeoyer, à embraser le tissu des sièges, bref, à gentiment foutre le feu à ce gros tas d'arrogance insupportable. Encore dix pas et il est devant la porte de côté et c'est comme si le cadenas n'avait jamais existé. Il est à l'intérieur maintenant.

Dedans, les jeux du cirque… Plusieurs types énormes en train de brailler et de boire, appuyés sur un long comptoir de bois verni presque rouge, encouragent les deux Marric occupés à broyer Toni au sol. Il s'est recroquevillé au mieux et tente de ramper sous une table alors on l'attrape par un pied pour le ramener à bonne portée de semelle. Il rue faiblement, essuie une nouvelle volée de coups. Son arcade droite vient de sauter et il met du sang partout comme à son habitude. C'en est trop pour Caroff. Personne ne le voit sortir du couloir et arriver. Brusquement, il est là, une apparition hurlante et furieuse, un démon surgi de nulle part. C'est à coup sûr la plus grosse tempête que ces gars ont jamais affrontée. Une déferlante de rage enfin libérée. Elle leur tombe dessus sans qu'ils y puissent RIEN. Le premier coup de barre à mine vient faucher la jambe d'appui de l'aîné des deux frères au moment où il s'apprête à frapper Toni à la tempe. Sa rotule cède dans un claquement et il s'envole en arrière, tombe lourdement sur le dos. Caroff n'a pas pu apprécier l'atterrissage, il est déjà retourné vers le deuxième saligaud. Un peu plus vif que son lourdaud de frère celui-ci a empoigné un couteau large et court et vient de lui porter un coup au côté. Le cuir a bien freiné la lame mais Caroff a senti la pointe électriser une de ses côtes. Et bing ! C'est reparti pour un nouveau shot d'adrénaline pur malt qui lui arrache un grognement de bête. L'autre a retiré sa main, va tenter une autre attaque à la gorge cette fois. Dehors, quelque chose vient de s'embraser dans un grondement sourd qui secoue la vitrine à la faire tomber, envoie un souffle brûlant jusque dans le cœur de la pièce et les fait chanceler. Caroff rugit.

– Tu peux dire adieu à ton tas de merde sur roues, enfoiré !

Le Marric cille en comprenant, il amorce son attaque. Trop tard, Caroff a fait un pas sur le côté, balance souplement les bras dans la position d'un batteur et déclenche un mouvement long et ample de bas en haut. C'est d'abord le poignet qui craque, puis la barre d'acier vient éclater le menton du pauvre gars avant de laisser un sillon pourpre dans la joue jusqu'à la pommette. Le voilà inconscient qui roule à terre rejoindre son frère. Le mec hurle à la mort, tente de se relever, retombe à terre, il est comme fou. Caroff l'ignore. Les types au comptoir sont sur pause. Ils ont à peine esquissé un geste, aussitôt figé par le bras tendu vers eux, prolongé d'un bon mètre d'acier luisant et poisseux. Toni s'est mis à genoux, pas beau à voir, mais un sourire sauvage illumine sa face tuméfiée. On n'entend plus les Marric. Caroff et Toni sortent lentement, se tenant par les épaules comme des gars qui auraient un peu trop fêté quelque chose, et c'est un peu ça.

Dehors, c'est la Saint-Jean avant l'heure. L'Audi est un brasier qui a entièrement redécoré la ruelle façon antichambre de l'enfer. Se soutenant toujours l'un l'autre, les deux hommes disparaissent bientôt dans la fumée.

Chapitre 17

MANGE À TA FAIM

Delmas a pris l'air cette fois. Le vol ne s'est pas mal passé. Il n'a même pas senti le train d'atterrissage toucher le sol. L'avion est plein, des étudiants rentrant chez eux, beaucoup de types en cravate, des personnes âgées aussi. Il est étonné par l'aéroport, vaste, moderne, très clair malgré le ciel plombé. On a été satisfait des deux livraisons en haut lieu. Il a même été félicité, et très bien gratifié, pour l'efficacité et le résultat des deux opérations. Lui n'avait pas évoqué le détail des procédures, ni les difficultés rencontrées par son homme sur place, 180, avec l'autre, Caroff, d'ailleurs ils s'en fichaient bien. Ils attendaient des résultats, et ils les avaient obtenus, grâce à lui. Il avait eu le droit à un nouvel entretien en privé avec son oncle.

Celui-ci, contrairement à son habitude, avait pris le temps d'évoquer avec lui des aspects plus précis de leurs projets en cours. Cette opération en Bretagne lui avait donné du crédit, un bon bol d'air et de confiance. On l'écoutait plus, et mieux. Delmas avait pris soin cependant de rester très prudent, avait régulièrement évoqué ses doutes sur la fiabilité au long cours de cette équipe mal assortie. Ils n'avaient pas eu l'air de prendre ses craintes très au sérieux, pas autant qu'ils l'auraient fait normalement. On l'avait entendu simplement, puis il avait été rassuré par les nouvelles informations qu'on lui avait fournies. Ces quelques semaines leur avaient donné le temps de réorganiser tout le réseau. Il leur avait rendu un très grand service, c'est vrai, si loin de leurs bases, mais il fallait penser maintenant à revenir à des procédures qu'ils maîtrisaient mieux. Son oncle lui avait souri en lui tapotant le bras, déçu pour lui, contraint de lui demander de mettre un terme à SON idée. Il avait feint la déception, mais pas trop, juste suffisamment pour qu'on le flatte de nouveau, pour qu'il se voie confirmé dans son nouveau statut d'homme qu'on écoute, dont on attend des propositions, des idées neuves. Alors il avait joué le jeu à la perfection, baissé et hoché la tête en silence et il avait parlé peu, prononcé les bons mots.

– Oui, je comprends mon oncle.

Le vieux lui avait de nouveau souri, l'avait entraîné sur la terrasse qui dominait le jardin étagé, et au fond, une calanque magnifique. Ils s'étaient assis sous des toiles blanches, on leur avait servi des jus de fruits frais pressés. Ils avaient bu en silence, les yeux perdus dans le paysage. Puis l'oncle avait chaussé des lunettes noires et on ne distinguait plus ses yeux, il lui avait demandé de conclure l'opération en cours, de mettre un point final à cette phase, avant de pouvoir envisager la suite, de nouvelles responsabilités peut-être. L'oncle avait tourné son regard mort vers lui.

– Mon père, paix à son âme, avait un dicton, *Qui mange à sa faim ne laisse point de restes.* Va, va donc, et mange, mange à ta faim…

Delmas avait terminé son verre, puis avait répondu.

– Je m'en occupe. Merci mon oncle.

Il s'était levé, avait hésité à lui toucher la main peut-être, n'en avait rien fait, s'était juste incliné légèrement, et s'était retiré dans le murmure de la brise et le bourdonnement des insectes.

Et maintenant il était là à Brest, de nouveau, pour la dernière fois.

En passant devant la large baie vitrée qui séparait le hall d'arrivée de la zone d'attente il avait repéré 180 qui l'attendait. Il avait abandonné son déguisement de rappeur de deuxième zone. Incroyable, le gars portait une veste sombre sur un pull à col roulé, un pantalon, un pardessus, des chaussures brillantes, le tout dans des noirs et des gris anthracite assortis. Il ne savait pas quoi penser de cette transformation, cela donnait à réfléchir, il était contrarié tout à coup, légèrement inquiet même. En s'approchant, il se focalisa sur son visage, cherchant à le regarder droit dans les yeux, à le sonder d'entrée. De nouveau il fut contrarié de voir 180 porter des lunettes sombres, impossible de distinguer ses yeux. C'était peut-être une tentative de dissimuler une blessure qu'il distinguait sous l'œil droit. Sa bouche semblait abîmée aussi.

Toni releva ses verres sur son front, puis changea d'avis et rangea ses montures dans une poche intérieure, mouvement qui réveilla deux ou trois côtes contusionnées et le fit grimacer un peu, puis le regarda en face, le visage neutre, et fit deux pas en avant. Lui aussi avait observé les arrivants. Après avoir eu l'esprit troublé ces derniers jours par l'annonce de l'arrivée du boss, une sorte de clairvoyance tranquille l'avait apaisé. Il se déplaçait pour mettre un terme à tout ça. Pourquoi sinon ? Il viendrait accompagné, comme l'autre fois. Il savait à coup sûr quels signes rechercher, les signes qui annonceraient son sort d'une façon lisible, évidente.

Sa vie tourbillonnait comme une pièce brillante jetée en l'air et qui tournait, tournait… Pile, face, pile, face… Le boss allait bientôt la rattraper au vol et la plaquer en souriant sur la table. Face, ses hommes étaient là pour Caroff et il avait peut-être une chance de s'en tirer. Pile, il lui demanderait à LUI de faire place nette, et la présence des deux autres ne serait alors plus justifiée que par la nécessité de se débarrasser de lui et de Yann. Simple comme bonsoir. D'ailleurs, il était où ce maboul ? Depuis le coup fourré de l'autre soir et le rodéo sur le port, Yann avait tout mis en œuvre pour se faire oublier. Caroff ne décolérait pas à son sujet, lui avait demandé de lâcher ce pauvre type… Mais enfin bon, c'était pas si simple. C'est vrai qu'à cause de lui ils avaient déconné complètement à aller boire des coups sur le port… Caroff… incroyable ce mec ! Comment il avait déboulé comme un furieux dans ce rade au moment où il se croyait déjà au fond du trou. Si ça se trouve il lui avait sauvé la vie… *BIEN SÛR qu'il t'a sauvé la vie !*

Toni se demandait juste ce qui avait le plus exaspéré les Marric, s'être fait mettre minables par le vieux, ou le méchoui sur le parking d'une caisse à 50 000 balles… Il hocha la tête, *pourraient pas en rester là… Et puis, Yann, ouais, merde…*

Impossible de le joindre aujourd'hui. Il aurait bien aimé avoir quelqu'un en couverture, le temps de l'entrevue avec le boss. Il jeta un coup d'œil à la ronde. Toujours pas de Yann. Une autre chose tournait en boucle dans sa tête, il n'avait pas réussi tout de suite à joindre son VRAI patron, pour l'informer de l'arrivée des mecs du Sud. Depuis le repas chez sa mère et ce truc de ouf auquel il avait assisté… Non ! Auquel il avait PARTICIPÉ, Caroff semblait s'être un peu retiré, il se tenait un peu loin comme si… *J'en sais rien… Et pourtant j'ai pas rêvé l'autre soir… Encore un peu et il m'aurait appelé « fils »… Et je l'aurais laissé faire, oui… carrément… Il est trop bizarre le vieux…*

Alors il n'avait pas beaucoup insisté non plus pour lui parler à tout prix, respectant la distance installée par Caroff, et maintenant les autres étaient là… Des couples se retrouvaient, des enfants embrassaient des parents joyeusement, des paroles aimables de bienvenue volaient dans l'air, on empoignait des bagages, on allait commander des taxis, on se dirigeait vers la boutique, le bar… Delmas et lui s'arrêtèrent en face l'un de l'autre, indifférents aux déplacements des gens autour d'eux. À deux mètres derrière il y avait les deux hommes de main. Aucun mot d'accueil, juste le silence et un signe presque imperceptible de la tête. Delmas allait lui demander de s'occuper des bagages mais hésita. L'autre 180, celui d'avant, aurait couru comme un chien de chasse en frétillant de la queue, mais pas aujourd'hui, non pas aujourd'hui. Finalement il claqua des doigts en direction de ses hommes et ils se dirigèrent vers le tourniquet des bagages pendant que 180 s'effaçait devant lui et lui désignait une belle berline de location à l'extérieur. 180 se mit au volant, les conduisit jusqu'à un hôtel luxueux de la rue de Siam. Là il s'occupa de tout pour eux à la réception et ils montèrent aux deux chambres contiguës qu'il avait réservées. Une fois installés, 180 se mit en retrait, les mains croisées devant lui. Les muets étaient descendus au bar, contrôlant discrètement les entrées. Delmas se tenait devant la belle fenêtre vue sur mer. Sous ses yeux des lumières scintillantes sur la rade, l'Île Longue de l'autre côté, avec ses sous-marins nucléaires, une puissance de feu phénoménale. Il se montrerait plus modeste, mais pas moins efficace. Il se retourna vers 180, toujours debout, toujours silencieux. Mais qu'est-ce qui lui était arrivé à ce gamin ?

– Asseyons-nous. Tu as les flingues ?

Toni déplia ses bras, attrapa une petite valise posée contre le mur et s'approcha du petit salon où le boss venait de s'asseoir, prit le fauteuil en face, posa la valise sur la table basse et ouvrit la fermeture à glissière.

– Oui, j'ai ce qu'il y a de plus simple, deux fusils de chasse, crosses et canons sciés. Une boîte de chevrotines.

Delmas opina.

– Bon, c'est bien, range-moi ça, ils verront tout à l'heure. Raconte-moi 180, Caroff il t'emmerde toujours ?

C'est parti mon Toni…

– Ben. J'ai eu du mal au début. Il est… surprenant.

– Surprenant ? Comment surprenant ?

– Je sais pas trop… Il est plus dur qu'on croyait. Bon, on a fait le boulot. Il a respecté le contrat.

Il est plus dur qu'on croyait… Ce pauvre mec ? Quelque chose lui avait échappé, s'était développée de manière autonome. 180 d'abord, Caroff maintenant ? Y avait quelque chose dans l'air ou quoi ? C'était pas possible… Il fit un geste vers son visage.

– C'est lui qui t'a arrangé ?

– Non. Pas directement.

– Pas directement ?

Il haussa les épaules, balaya la question restée sans réponse.

– Bon, vous avez bien bossé, très bien même. D'ailleurs…

Il sortit une enveloppe de sa veste et la posa sur la table basse.

– C'est pour toi seulement et l'autre, là, Yann c'est ça ? Si tu veux, à toi de voir… Une prime.

Toni considéra l'enveloppe, la prit lentement sans l'ouvrir, la glissa dans une poche. Il était temps de commencer à exister un peu dans le dialogue, de dévoiler quelques-unes de ses cartes.

– Merci… Je dois vous prévenir d'une chose, monsieur Delmas.

– Oui ? Vas-y.

– Cela me semble difficile de continuer très longtemps ainsi. Primo Caroff s'est mis à dos les autres pêcheurs du coin et c'est pas des rigolos. On s'est un peu embrouillés avec eux… Secundo, la procédure même pour récupérer les colis, c'est quand même un peu le loto. J'ai jamais entendu dire qu'on pouvait gagner trois fois à la suite.

– C'est tout 180 ?

C'est le moment de le tester ce salaud. Joue-la très serrée et vas-y comme sur des œufs, Toni. Comme sur des œufs…

Il reprit en faisant un peu traîner, en faisant un peu sa pleureuse.

– Non… Je suis embêté de le dire comme ça, boss mais… Caroff, il est vraiment cinglé… Parole, j'arrive pas bien à le lire ce mec… Un jour il nous plantera, d'une manière ou d'une autre… C'est sûr…

Delmas ne disait rien, il regardait 180 attentivement. Le gamin avait parlé plutôt franchement selon ses critères, il se montrait impliqué, loyal, lui donnait des informations importantes… apparemment. Il se renversa en arrière dans le canapé, ferma un instant les yeux. Il y avait réfléchi dans l'avion. Plusieurs options se présentaient, comme toujours. Ruben et Raphaël pouvaient mettre Caroff sur la touche, il n'en doutait pas une seconde. Il ne toucherait pas à la femme ni à la fille, sauf en cas d'obligation absolue, alors il avait écarté cette idée désagréable. Ou bien il chargeait 180 de le faire pour eux, assorti d'une promotion évidemment, d'une promesse en tout cas. Oui, ça c'était pas mal. Il secoua la tête. La question c'était jusqu'à quel point faire place nette… Oui, comment placer 180 et l'autre cinglé qui lui servait d'ombre dans l'équation ? Il savait vaguement qu'il tournait autour du pot. L'opération allait cesser définitivement, les objections de 180 étaient fondées. D'autre part cette parenthèse bretonne n'avait pas d'avenir, c'était décidé… On lui avait donné la réponse… *pas de restes.* C'était pourtant clair. L'oncle et ses proverbes à la con ! Il était encore en phase de test, le dernier, son grand oral à lui… C'était tout vu. Il ouvrit les yeux. 180 devait sortir du paysage, comme les autres. C'était dommage, il le sentait, ce gars était intelligent, il était ambitieux, et malin, capable d'initiatives. En un mot, il était un PROBLÈME.

Il lui sourit.

– Écoute. Il reste une livraison à récupérer dans quelques jours, c'est ça ? Ouais, ouais. Bon… Voilà, après on arrête. On change les sources. On change tout.

– Ah bon ? Mais…

– Pas toi ! Évidemment on compte sur toi ici. Tu as fait une bonne impression, très bonne. Tu partais d'assez bas, crois-moi. Toutes tes breloques, tes bagouses et le reste… J'ai vraiment dû insister. J'espère que tu t'en rends compte. D'ailleurs, tu m'expliques le changement ?

Toni ouvrit les mains.

– Ouais, je vous remercie de votre confiance, vraiment. C'est vrai que j'avais pas l'air de grand-chose. C'était un vrai aspirateur à emmerdes toutes ces fringues à la con. Je passe comme une lettre à la poste maintenant.

Le boss hocha la tête.

– Puisque tu parles de confiance… Je dois maintenant te demander quelque chose… Dis, on n'a rien à boire dans cette turne ?

Toni se leva immédiatement, lui tourna le dos, alla jusqu'au minibar. Il s'agenouilla devant, le cœur emballé, la gorge serrée. Ça y était, il allait lui demander le truc, c'était sûr… Merde… Il se releva, plusieurs bouteilles miniatures en main. Il réussit à sourire en revenant, posa le tout sur la table. Le boss l'observait. Il nota le léger tremblement dans les mains, le rictus. *T'es trop malin gamin.*

Toni disposa des verres, se rassit, attendit, les mains à plat sur les cuisses. Le boss se servit une vodka, lui proposa un verre qu'il déclina. Il but une gorgée et tendit l'index vers lui.

– Oui, je te parlais de confiance… Tu pourrais ramener le bateau tout seul avec Yann ?

Et voilà. Il pesa ses mots avant de répondre.

– Je pense, c'est moi qui pilote le plus souvent, avec Caroff bien sûr. Mais…

Le boss leva la main. Il se tut. Il reprit doucement, d'une voix ferme et lente au début.

– Excellent. Oublie Caroff… Oublie… On va se séparer de lui, pour de bon… définitivement… Tu as compris ? Oui, évidemment.

Toni commence à s'agiter, et ce n'est pas QUE de la comédie.

– Écoute-moi, attends, attends… Du calme, respire à fond gamin, regarde-moi… Tu vas faire ça sur le bateau dès le dernier colis récupéré. Bye bye Caroff, tu me ramènes le paquet, vous vous partagez sa part évidemment et je te recontacte dans une semaine… Une simple formalité… Au fait, tu sais combien il se fait sur chaque transport le Caroff, par rapport à toi je veux dire ?

Toni hausse les épaules.

– Je sais pas. Le double ?

– Ouais mon gars, tout juste…

Le boss prend une inspiration et c'est parti pour un bon vieux putain de discours…

– Tu vois un peu ? Tu devrais boire un coup… Je sais que je te demande beaucoup, crois-le. Si, si… J'espère que tu comprends aussi que tu as TOUTE ma confiance. Tu sais 180, tout est en mouvement tout le temps. Les galaxies, les continents et tout le bazar… Nous aussi. Cette opération, c'est un test pour toi et Yann. Pour l'instant, grâce à votre bon boulot, vous êtes dans les petits papiers des gens qui comptent au pays, mais il reste ce truc à terminer. Les gens qui auront mené l'affaire avec moi, ils ont toutes les raisons d'être optimistes sur leur avenir proche. Bon, évidemment ton copain là, tu devras le gérer… Mais toi, je te mets en selle pour être le patron ici, on travaille en direct, une sorte de franchise, tu vois ? Finies les embrouilles à deux balles. Tu montes en ligue 1. Qu'est-ce que t'en dis ?

Toni l'observe. *La vache, une vraie diarrhée verbale !* Il s'excitait le chefaillon, se voyait déjà arrivé. Il était en train de l'enrober… Les continents ? La galaxie ? Non mais on est où là ? À la NASA ? Et qu'est-ce qu'il en avait à battre de cette allusion débile au foot ? Il DÉTESTAIT le foot.

– Je dois vous dire que je suis pas très chaud pour ça… vous voyez, je… j'ai jamais…

Delmas s'était penché sur lui. Il parlait doucement en écartant bien les mains, paumes vers le plafond, souriant et apaisant comme une espèce de caricature de prêcheur télé-évangéliste qui aurait eu les cheveux coiffés en arrière et l'accent du Sud. Et il s'écoute parler le salaud, encore et encore, module, descend dans les basses, ralentit, relance. Un vrai solo de jazzman, le Miles Davis du pipeau.

– Ho, ho, ho. Je sais ça. C'est traumatisant évidemment. On ne parle pas d'écraser un moustique. Mais, regarde les choses en face, il y a une certaine logique dans tout ça. Je veux dire, tu t'es pas lancé dans la vente d'articles de plage ! T'as pas ouvert une PUTAIN de crêperie…

Il fait une pause, savoure sa dernière tirade, descend encore d'une octave.

– La vérité, 180, c'est que, toi et moi, on a choisi une voie difficile. Et ce genre de choses, on n'y coupe pas. Tôt ou tard… Si, si c'est comme ça… Comme une loi de la nature ! Regarde, on parle, je t'explique, je prends le temps et tout et tout parce que je t'aime bien gamin, mais… tu n'as pas le choix. Je ne te demande pas de le faire, je te DIS de le faire… Évidemment il y a une contrepartie. Il y a TOUJOURS une contrepartie… C'est ce que je t'ai expliqué. Crois-moi, c'est TA chance.

Toni s'était pris la tête dans les mains pour se cacher le visage, pouvoir réfléchir en se dissimulant, et envoyer une image de reddition. Il releva la tête, un peu. Il voulait sortir de l'hôtel sur ses deux pieds. Il fallait accepter maintenant, à reculons, mais le faire maintenant.

– Mais, comment…

– Eh ! Réfléchis un peu merde ! Vous êtes sur un bateau, ça bouge, ça roule, je sais pas quoi moi. Il y a des trucs dangereux partout non ? C'est du tout cuit. Moi je crois qu'il va tomber à la flotte avec une belle bosse derrière le crâne et qu'il remontera pas à la surface avant longtemps. Une idée comme ça. Y a des variantes évidemment…

– … Ouais… Peut-être. C'est possible. C'est faisable.

– Un peu qu'c'est faisable. C'est du tout cuit ! Bois un coup maintenant. Après tu te casses. Je suis fatigué.

Il resta encore un peu, vida une mignonnette de cognac puis le boss se leva. Il était temps de débarrasser le plancher, de se trouver un endroit calme, et, et quoi… ?

Le boss lui avait tourné le dos, avait repris sa contemplation de la rade. Il sortit un téléphone de sa poche, pressa une touche.

– Il est parti ? Bon, toi tu le files et dis à Ruben d'aller me chercher l'autre clown. Maintenant !

Chapitre 18

JOSETTE

Josette avait toléré de respirer quatre jours de plus que son époux. Quatre jours seulement, passés ensemble, en l'absence attendue de toute famille proche dans la maison claire et silencieuse, à l'exception de la chambre dans la pénombre. Quatre jours comme une suspension devant l'imminence évidente de son décès. Le chien avait passé son temps à errer en cliquetant de la cuisine au salon, essayant sans cesse de monter à l'étage, et Brieuc et Babeth avaient finalement renoncé à le lui interdire. Il campait depuis dans la chambre de Josette et René, la tête posée à plat sur le lit. De temps en temps il se levait, descendait l'escalier, demandait à sortir en grattant la porte, puis il revenait, remontait l'escalier en silence et reprenait sa veille, les yeux rivés sur sa maîtresse immobile. En remettant en place un des oreillers, Brieuc avait perçu un chuchotement froissé à son oreille. Il s'était penché sur la vieille femme. Elle n'avait pu répéter, épuisée. Il avait alors lu sur ses lèvres.

– C'est la merde…

Elle avait soupiré et fermé les yeux, puis elle avait eu comme un pauvre petit sursaut, avait cherché son regard, apeurée. Il s'était penché un peu plus vers elle, avait recueilli son souffle.

– Le chien…

– Je m'en occupe.

Il avait hoché la tête et s'était étonné de ce que ces quelques mots au sujet du chien aient suffi à lui faire monter des larmes aux yeux, le tordant un peu plus à l'intérieur. Puis Josette n'avait plus rien dit. Elle s'était relâchée simplement, avait refusé de s'alimenter depuis les obsèques de René. Alors Babeth, avec beaucoup de douceur, avait réussi à lui faire accepter la pose d'une perfusion qui l'hydraterait. Elle s'en était chargée d'une main précise et légère sur le pauvre bras frêle de la vieille dame. Elle était couchée dans leur grand lit blanc et frais, n'admettant personne d'autre que Brieuc ou Babeth pour s'occuper d'elle. Brieuc avait passé des heures assis près d'elle, sa main dans la sienne. De temps à autre elle ouvrait les yeux, lui rendait une faible pression de ses doigts secs et durs. Son regard balayait lentement l'espace de la chambre entre la fenêtre aux volets clos et la chaise occupée par Brieuc ou Babeth. Le visage inexpressif s'arrêtait alors sur les étroits rayons lumineux qui s'infiltraient au travers des rideaux, qui révélaient la poussière en suspension dans l'air trop chaud de la chambre, et ensuite sur les silhouettes de Babeth et de Brieuc. Ils se penchaient sur elle, lui parlaient doucement. Josette percevait alors assez bien les visages, l'odeur fraîche de la jeune femme. Elle aurait voulu sourire, elle ne pouvait pas, ne pouvait plus. Elle essayait de concentrer dans son regard ce que son corps ne lui permettait plus d'exprimer et y arrivait assez bien.

Elle était décédée un instant où ils étaient dans la cuisine à boire un verre de vin. Babeth et lui s'étaient accrochés l'un à l'autre. Le reste s'était passé dans une sorte de répétition absurde, les mêmes visages, les mêmes paroles de consolation inutiles, la consternation aussi.

Et puis il avait tenu sa promesse. Ils étaient partis tous les deux en mer, seuls cette fois. Ils avaient immergé les deux urnes à plusieurs milles dans le sud d'Ouessant, presque à mi-chemin de la chaussée de Sein, à l'endroit exact atteint par René sur son petit bateau, à l'endroit où son courage d'aller plus loin avait trouvé sa limite, un jour il y avait longtemps, là où il avait fait demi-tour, le cœur gonflé, heureux. 48°13'92 5 °10'44.

Babeth lui avait demandé de prolonger cette sortie, elle voulait en faire quelque chose d'unique pour eux deux. Il lui avait dit oui, si la météo le permettait. Il l'emmènerait à Ouessant, à Molène, à Sein. *Et le chien ?* Ils l'emmèneraient voilà tout. Ils avaient bénéficié des faveurs du ciel. Ils avaient marché pendant des heures sur les sentiers d'Ouessant, pleuré un peu à l'abri des rocs de la côte ouest. Ils avaient ensuite passé deux jours à Sein, il lui avait montré les cairns, ils en avaient édifié un petit, caché dans un creux.

Et il avait fallu penser à revenir.

Chapitre 19

YANN

Caroff et ses hommes sortent du port. C'est une belle fin de nuit. Le ciel est tranquille, pas une ride sur la rade. Un vrai lac de carbone liquide, noir et lisse. Toni s'est planté à droite de la timonerie, juste sous le feu tribord. La lueur verte lui repeint le visage d'une drôle de façon. Il a la gueule d'un cadavre. Caroff n'a pas réussi à croiser son regard depuis leur arrivée et il n'aime pas ça. Il n'aime pas ça du tout même s'il se sent un peu responsable de sa gêne. C'est vrai qu'il s'est montré un peu cassant ces derniers temps mais c'est pour son bien, peut pas se permettre de continuer à lui servir de père ! C'est pas bon que ce gosse s'attache à lui comme ça, merde... C'est pas que ça lui fait pas du bien à Caroff, c'est même TOUT le contraire, mais... C'est simplement PAS possible... Yann, lui, est comme d'habitude, sur une autre planète. Il lui a souri en arrivant, une bouche ouverte, pleine de dents très blanches. Il s'en est fallu de pas grand-chose pour qu'il lui efface son rictus à coups de poing après ce qui s'était passé au Quintal. Si on ajoute à ça la gueule enfarinée et l'espèce de brasier permanent qu'il a sur la tête, il fait presque peur à voir. Il est temps que ça se termine. Caroff ne leur a rien dit mais il a décidé que ce serait leur dernière sortie, la toute dernière. Il a examiné leur situation hier soir avec Marie. Ils ont déjà assez d'argent pour aller se poser ailleurs et attendre de voir venir. Marie aurait même préféré qu'ils partent le soir même. Il avait réfléchi, hésité, et il avait tranché. Marie l'avait regardé, et ils étaient passés à autre chose, la préparation du départ. Ça avait été rapide, quelques vêtements, les jouets et les livres de Gaëlle, l'argent bien sûr. Caroff comptait la récupérer en soirée avec sa dernière enveloppe et ils se mettraient aussitôt en route vers Roscoff. De là ils prendraient un ferry vers l'Irlande où il avait son cousin. Des vacances en famille. Il l'avait forcée à écouter et assimiler son plan B, au cas où il ne pourrait pas la rejoindre tout de suite. Elle avait commencé à protester évidemment, elle avait même versé une ou deux larmes et il en avait ri, s'était moqué d'elle. Elle avait fini par se taire. S'il ne pouvait pas la rejoindre tout de suite, s'il n'était pas arrivé à l'heure fixée, ALORS, elle devrait laisser la voiture, pas assez fiable, prendre un taxi et partir sans lui. Tout ça était un peu foireux, mais pas vraiment moyen de faire mieux vu les circonstances. Et bien sûr, il avait été obligé d'expliquer sa blessure au côté, de lui raconter la rixe. Elle s'était rétractée comme une huître sous le citron et la proximité infaillible qui les avait toujours liés en avait pris un sacré coup. Lui s'en tenait à son plan. Dans quelques jours tout cela serait de l'histoire ancienne.

Décidément quelque chose ne va pas avec les gars. Ils ont dû s'engueuler sévèrement. Encore cette histoire de l'autre soir, il en mettrait sa main au feu. Toni surtout dégage une sorte de tristesse muette qu'il ne veut pas s'expliquer. Il lui a demandé, un peu gêné, de continuer à l'appeler 180 devant Yann. D'ordinaire il aurait déjà réclamé de prendre la barre, comme un vrai gosse, et Caroff aurait accepté, aurait fait couler un café, vu l'état de la mer, et là… rien, rien que du silence et deux zombies à bord. Il secoue la tête, renonce à pousser plus loin son analyse, se concentre sur les heures à venir. Tiens, Toni daigne enfin lui jeter un coup d'œil… Caroff lui envoie un signe de la main. Pas de réponse. Petit con ! Le vieux ressasse depuis des jours la bagarre avec les Marric. Il sait qu'ils ne pourront en rester là, même si les deux frangins ont passé la dernière période terrés, sans doute à se lécher les blessures comme des chiens, des hyènes plutôt. Une fois remis sur pattes ils se mettront après eux et ce sera sans quartier, inévitable… Mais ils seront loin… Et le petit ? Laisser Toni et sa mère derrière lui lui pose un VRAI problème, mais Toni sait qu'il est sur le départ, qu'ils doivent eux aussi se préparer à disparaître… Bien sûr qu'il le sait. Caroff se demande comment ce sera de ne plus travailler avec le petit. À quoi bon se raconter des histoires ? Il l'aime beaucoup trop ce gamin et c'est réciproque, il le SAIT ! *Fait chier !*

Toni n'aurait pas pu se poster dans la timonerie, à vingt centimètres de lui comme d'habitude. Yann le surveille comme le lait sur le feu. D'ailleurs, c'est simple, depuis l'entretien avec le boss à l'hôtel et le contrat tacite qu'ils ont passé, il lui a collé aux basques en permanence, impossible même de pisser tranquille, alors de là à passer un coup de fil à Caroff pour le prévenir, ou lui parler en direct… Il s'est mis sur le côté, attendant la première occasion pour déballer l'affaire au vieux. Il est dans un état second depuis son entretien avec le boss. Tout s'est passé comme il l'avait senti, exactement comme il l'avait prévu. Il a un ricanement. Tous ces vieux mecs se croient sortis de Sciences Po ! Ils font des grandes théories pour les débiles de base comme lui. Ils s'écoutent parler, faut voir ça ! Sont tellement persuadés de leur supériorité qu'ils ne sentent rien, ne captent rien. Delmas tiens, il s'est planté sur le plus important, il s'est planté sur Caroff, il s'est planté sur lui, et sur quoi encore ? Il l'a vu arriver de loin, lui et sa foutue PROMOTION, le passage obligé, et toutes ses conneries. On se serait cru dans un épisode des *Soprano*. Bon, au moins il était sorti de l'hôtel, il avait encore sa paire de couilles, un paquet d'oseille, et peut-être un coup d'avance. Caroff lui aussi d'ailleurs semblait à côté de la plaque. Il ne voyait donc pas ce qui lui pendait au nez ? Bon Dieu, pourtant, comment il avait écrasé les Marric l'autre jour ! Il les avait détruits, les avait renvoyés au stade anal. Ils s'étaient carrément chié dessus. Celui qui s'en prendrait à Caroff risquait de morfler méchamment… Ouais…

C'est bien simple. Il n'allait RIEN faire, RIEN. Il allait laisser le patron se tirer avec sa meuf et sa gosse et basta ! Et il ferait EXACTEMENT la même chose avec sa mère… Caroff, lui au moins, les respectait à sa façon. Et puis ces jours passés avec lui en mer, bon sang ç'avait été une vraie révélation. Ils étaient passés, Yann et lui, comme dans une forge, martelés, ployés, chauffés à blanc. Ça n'avait pas échappé à sa mère ! Elle lui avait dit que RIEN de tout ça ne pouvait être dû au hasard. Que Caroff était sa croisée des chemins, que ça allait TOUT changer… Bon sang, ça l'avait remué de voir Caroff se transformer sous ses yeux pour ainsi dire, terminer sa mue ! Et tout ça grâce à sa mère, et aux sentiments qu'elle lui portait, à sa FOI. Ah il leur avait bien cogné dessus l'ancien. Encore, et encore, façonnant et redressant. Lui en tout cas en était ressorti plus dur, plus fort, et merde, plus fier aussi ! C'était pas rien de sortir en mer comme ça. Et puis il fallait sentir les choses, anticiper, être vif, il était bon à ça. Caroff le lui avait dit. Les seules paroles sincères et positives qu'il avait entendues depuis des lustres, sa mère exceptée, c'est lui qui les lui avait dites. Il lève les yeux vers lui mais ne peut pas répondre à son salut. Quelque chose lui enserre le crâne, il a mal au ventre, comme ce premier jour, là, quand Caroff lui avait passé une couverture. Il devrait se décider à lui parler maintenant. Il aurait besoin de son aide pour écarter le boss et ses deux chiens de garde. Faut lui parler, ABSOLUMENT… Tout à l'heure, après le ramassage… Ouais, voilà. Il se décide à lui rendre son salut. Trop tard. Dans le vide. Il ne le regarde plus… Tout à l'heure… Ouais… Toni devrait se sentir plus tranquille… mais rien à faire, son estomac n'est qu'un sac de nœuds.

Quelques heures ont passé. Le ciel est d'un bleu très pâle. Il fait frais. La mer est déserte à l'exception d'un ketch battant pavillon britannique qui cingle vers le Raz. Le Cap de la Chèvre brille dans la lumière. Ils commencent à connaître cette route par cœur, même si Toni s'étonne toujours de la variété des conditions. C'est le même endroit, la même zone de navigation, et pourtant rien n'est JAMAIS pareil. Aujourd'hui c'est une vraie promenade. Ils approchent de la zone de récupération et les hommes se coulent dans leur routine sans avoir vraiment besoin de se parler. Et c'est tant mieux car Toni a la gorge comme dans un étau, son rythme cardiaque a pris un tour inquiétant, et tout ça pour RIEN *puisqu'il* ne va RIEN faire. D'ailleurs il n'en a pas touché un mot à Yann. Parler de la volonté du boss aurait été comme un début de, comment déjà ? Ah oui, *prophétie autoréalisatrice*, ça faisait peur ce mot de ouf, comme une malédiction, et franchement, il n'avait AUCUNE IDÉE de la réaction qu'aurait eue Yann. Déjà pas très loquace d'ordinaire celui-ci s'est muré dans un silence indifférent depuis quelques jours. Toni l'a surpris en train de l'observer à la dérobée à plusieurs reprises. Il a eu la certitude insupportable d'être épié, jaugé, en sursis même… Yann lui a fait son sourire de tordu vaguement méprisant et s'est détourné tout en continuant à le surveiller en coin. Depuis qu'ils ont commencé à faire les pêcheurs, son ascendant sur lui s'est érodé jour après jour, et il n'est presque JAMAIS malade ce con ! C'est Caroff qui donne les ordres désormais. Il se retourne de nouveau vers la timonerie. Parle-lui MAINTENANT ! Il fait un pas.

Justement, Caroff surveille le sondeur, l'AIS. En apparence il est calme et concentré comme d'habitude. En réalité son cerveau enregistre et effectue les tâches routinières comme si de rien n'était, mais en arrière-plan, c'est une tempête de questions qui rebondissent, et rebondissent encore derrière le visage impassible. La tension qu'il a sentie depuis le départ n'a fait que croître, et croître encore. Toni continue à fuir son regard, il a l'air d'être malade, d'être prêt à dégobiller ses tripes, comme le premier jour. La mer est d'huile pourtant. C'est sûrement lié à leur affaire. Il sait qu'il ne maîtrise pas tous les éléments. Sur l'eau il ne craint rien, rien de ces deux-là… Rien de Toni en tout cas, il a même complètement confiance en lui. Mais aujourd'hui… il y a quelque chose. Caroff commence à avoir des idées idiotes. *Va savoir s'ils n'ont pas manigancé un coup foireux à leur façon ces deux idiots, comme taxer la came par exemple, ça serait bien dans leur style… Non, ce serait stupide… Toni ne ferait jamais ça…*

Derrière leur façade de faux durs, ce sont des chatons, des innocents à leur façon, surtout l'autre ahuri là… Quoique… À y réfléchir il n'y croit pas trop. Bon, alors quoi ? Y a qu'une chose qui peut faire flipper Toni comme ça, c'est un truc en rapport avec le boss… ou avec lui. Caroff sait qu'il est au bord du gouffre. Finalement, le seul moyen d'assurer, peut-être, que sa fuite sera tolérée par les autres est de leur restituer la dernière livraison, de leur laisser sa part en prime ? *Merde… Ouais, c'est mieux…* et disparaître dans l'élan sans attendre leur bénédiction, en espérant que cela les calmera… *Tu te racontes des histoires le vieux*... Jusqu'à présent il leur a donné satisfaction, a respecté leurs exigences. Il a un atout, c'est l'aspect ponctuel de toute cette opération. Ils n'ont jamais eu vraiment l'intention de pérenniser ce mode opératoire. D'ailleurs cette idée n'est pas si bonne. Tôt ou tard ils subiraient un contrôle ou ne trouveraient pas le colis, et alors, il se passerait quoi ? Les hommes qu'ils ont choisis l'ont été surtout pour leurs faiblesses supposées et avérées. Lui, parce qu'il avait aussi l'outil, les compétences, et un besoin désespéré de se refaire, et les deux autres... Se voyaient intronisés, admis dans le clan, ils étaient enfin des hommes. Leur besoin de reconnaissance était si grand que trois phrases un peu grandiloquentes, quelques liasses de billets et une bonne dose d'humiliation consentie et ritualisée avaient suffi à les aveugler complètement. Il secoue la tête. Toni est pourtant loin d'être idiot, il n'en est plus là. Il voit bien son évolution spectaculaire depuis qu'ils ont commencé à travailler ensemble, depuis ce moment INCROYABLE chez sa mère. Pour la première fois Caroff n'a pas soufflé mot à Marie de ce qui lui est arrivé ce jour-là... Impossible de trouver les mots, impossible de COMPRENDRE, d'EXPLIQUER... *Toni*... Il ne peut pas ne pas se rendre compte de la réalité de leur situation. Ils se dirigent tout droit vers le fond de l'impasse... *Non, Toni est trop malin.* Il n'y a que Yann pour ne pas le voir, ou s'en foutre royalement. Une part de lui que Caroff déteste se manifeste à nouveau, ce fond de faiblesse qui peut le rendre flottant, infoutu de prendre des décisions claires ou d'aller au bout d'une d'entre elles ! Il en a pris une pourtant, le jour où il a accepté de mettre le doigt dans cette combine. Aujourd'hui, il doit penser à lui, Marie et Gaëlle, se concentrer là-dessus, un point c'est tout. Toni et Yann ont fait leurs choix eux aussi. Il ne leur doit rien à ces deux-là, même à Toni… *Même à Toni ?* Il sait évidemment ce qui le travaille, ce qui le pousse à se rapprocher de lui. Il traîne sa culpabilité comme une croix, ça crève les yeux ! Mais rien ne ramènera le gosse qu'il a perdu en mer. Non, il ne leur doit RIEN. Qu'il ne commence pas à se mettre cette idée en tête ! On les a balancés dans ses pattes et c'est tout. À eux de se démerder pour la suite… Toni a forcément réfléchi à tout ça. C'est pour ça qu'il rumine. Mais quelles sont ses options ? Depuis le début il est le pantin au bout des ficelles de Delmas, et maintenant c'est à lui, Caroff, qu'il obéit, apparemment. Mais si Toni est si mal, c'est qu'il hésite à prendre une décision qu'il sait irrévocable. Caroff commence à se dire qu'il n'est peut-être pas le plus expérimenté des joueurs de la partie, que les autres aussi ont leur foutue stratégie, qu'il est peut-être lui, Caroff, EN RETARD d'un épisode ! Lentement, il commence à se faire une idée de ce qui se trame sans doute, comme un truc monstrueux qui sortirait du brouillard. Il ne distingue pas bien l'allure qu'a ce cauchemar qui prend forme sous ses yeux, mais il SAIT maintenant que quelque chose va péter. Caroff croit comprendre pourquoi Toni est si mal. Mais oui, évidemment. Il a toujours cru qu'il avait en tête le coup d'après, le coup d'avance, celui qui ferait la différence, qu'il jouait sa partie en déroulant son plan, et jusqu'à aujourd'hui ça s'était passé comme il l'avait prévu. Et alors Caroff ? Et alors ? Il y a quand même des joueurs en face, des surprises en réserve à coup sûr, des types qui discutent, qui ont tout le temps du monde pour anticiper, décider de la fin, du quand et du comment. Quelle a été leur logique jusqu'à maintenant ? Laisser les choses se mettre en place, observer, enregistrer les résultats. Trois intervenants directs, trois types improbables mais finalement efficaces, tant mieux, et surtout trois mecs faciles à EFFACER. Un coup de loupe sur ces trois gars montre à l'évidence où appuyer, quel levier actionner pour faire le vide, sans qu'il soit nécessaire d'y mettre un doigt.

Merci de continuer à m'appeler 180 devant Yann... Mon cul ouais ! Un frisson le parcourt de la nuque aux épaules et il se sent tout de suite mieux, il a enfin l'esprit clair. 180/Toni et Yann vont passer à l'action, là, dès que le gamin aura trouvé le courage qui lui manque encore. Tout se jouera après la récupération évidemment. Il n'imagine pas du tout Toni lui planter une lame dans le dos, ou le balancer à l'eau, et pourtant il doute Caroff... Un grand calme frais se coule en lui. Il met un peu de gaz, sort la tête, dit à ses gars de se préparer. Par habitude les deux se pointent à l'avant, tendus vers l'engin flottant là, quelque part devant. Il en profite pour se baisser, attrape son couteau de gabier, libère le lien de cuir qui le maintient dans sa gaine, et le passe dans sa ceinture. Les deux gars sont toujours à scruter la mer devant alors il passe la main sous la barre, ouvre à tâtons le double canon qu'il avait sorti l'autre jour, il garnit les deux tubes des cartouches de chevrotines qu'il avait glissées dans sa poche de poitrine, referme doucement le fusil, enclenche la sécurité. À ce moment Yann siffle, tend le bras. Les fanions sont là, à main gauche. Toni s'est retourné vers lui, le visage crispé, presque grimaçant, implorant son pardon à l'avance, le confortant dans la certitude qui lui occupe tout l'esprit maintenant, écrasant presque tout sentiment qu'il aurait pu avoir pour lui. *Ah oui tu peux chialer gamin…*

Contrairement aux autres fois Caroff reste à la porte de la timonerie et ordonne à Toni de prendre la gaffe. Yann lui a jeté un coup d'œil étrange, c'est pas du tout la procédure habituelle. Mais il hausse les épaules et passe au treuil dans le dos de Toni qui se penche déjà vers le flotteur. Celui-ci s'y reprend à quatre reprises avant de passer le crochet de la gaffe dans l'anneau. Caroff le regarde se démener, indécis. S'il a raison, le fait de ramener ou pas cette cargaison n'a plus la moindre importance pour lui. Pour eux par contre… Yann se décide enfin à filer un coup de main à son partenaire, après avoir jeté un coup d'œil mauvais dans la direction de Caroff. Lui n'a pas bougé de son poste, les regardant fixer le bout au treuil, et commencer à le relever. Yann observe un instant la bonne remontée du dispositif et se rapproche alors de Toni, ils échangent quelques mots. Toni secoue la tête, surpris, a un regard rapide vers Caroff, répond quelque chose à Yann, lui prend le bras. L'autre se dégage d'un geste brusque et ils commencent aussitôt à s'engueuler. Yann l'écarte du bras, pointe un doigt méchant sur lui, et commence à marcher vers la timonerie. Pas besoin d'explication de texte. Le loup sort du bois et tout est limpide maintenant... *J'suis vraiment à côté de la plaque. Pardon d'avoir douté gamin.*

Toni appelle de nouveau Yann sans arrêter sa marche. Alors il se relève vivement pour le rejoindre en gueulant un avertissement à l'intention de Caroff. Celui-ci tourne aussitôt la barre à fond. Le bateau pivote, le treuil proteste dans un mauvais grincement, la traction soudaine sur le câble l'a fait sauter du réa, il est maintenant coincé. Sur le pont les deux hommes déséquilibrés se redressent et Toni gueule de nouveau quelque chose dans sa direction. Il agrippe Yann par l'épaule. Caroff voit les deux gars s'attraper, se donner des coups au visage, au corps. Il va se porter vers eux mais tout s'enchaîne en quelques secondes définitives. Yann s'est dégagé de la poigne de Toni, furieux, et le frappe au ventre de sa main libre, au moins deux fois. Caroff voit jaillir le sang sur le ciré jaune. Il n'a rien entendu, comprend en un instant. Toni s'écroule à genoux, comme en prière et Yann, ce malade, s'apprête à lui relever la tête et à lui porter le coup de grâce. Alors il accélère à mort, donne de nouveau un grand coup de barre, et Yann sort de son champ de vision, projeté contre la masse métallique du treuil. Caroff agrippe le flingue, sort de la timonerie au moment où l'autre se relève et le charge comme le cinglé qu'il est. Yann n'a que quelques mètres à faire pour arriver sur lui. Caroff appuie fermement sa hanche gauche contre la cloison, la jambe droite tendue et bien calée contre le pavois, prend le temps d'épauler. Canon à l'horizontale, un peu tremblant.

Droit sur sa tête. Petit coup de pouce sur le bouton de la sécurité. Déclic.

– ARRÊTE !

Yann n'est plus qu'à une portée de bras ou deux. Une pression sur la détente. Explosion sourde, coup du recul dans l'épaule. Il voit Yann qui s'envole, percute le bastingage, et passe à l'eau en une seconde étirée. Caroff a les oreilles en vrac, un acouphène commence à siffler. Le treuil vient de lâcher dans une odeur de brûlé et un grincement strident prolongé.

Il lâche son arme, va jusqu'à Toni qui gigote à plat ventre dans une flaque écarlate. Il le retourne doucement. Ce sont bien des larmes qui lui coulent des yeux, du nez, tombent sur le visage du gamin. Toni lui paraît déjà presque exsangue, il halète, il ne ressemble déjà presque plus à rien. *Regarde-moi fils, ouvre les yeux merde !* Caroff a cinq secondes pour réagir et ralentir l'hémorragie. Il ouvre sa veste de mer. Il y a deux plaies rapprochées qui pissent abondamment. Il plaque une main dessus, appuie de toutes ses forces. Toni gémit, il est à deux doigts de tourner de l'œil, ses yeux se révulsent, ça y est, il est parti. Alors Caroff en profite, accentue encore la pression, attrape le bonnet du gamin, le plie d'une main comme il peut, en fait une sorte de tampon qu'il place sur les blessures. La polaire s'imbibe aussitôt mais c'est déjà FAIRE quelque chose. La sangle qui maintient le bib derrière lui ne met que deux secondes à se détacher, il attrape une cale en bois qui traîne là, la positionne sur le bonnet plié, passe plusieurs fois la sangle autour de Toni en travers de son abdomen et en croisant sur l'aine aussi. Il serre tant qu'il peut ce point de compression improvisé, fixe le tout, attend une minute. Toni n'a plus l'air de se vider mais il a une couleur improbable. Il le gifle une fois, une deuxième. Toni a frissonné, il ouvre les yeux, il ne le quitte pas du regard. Sa voix n'est pas si faible.

– Putain… Putain…

– Ne dis rien gamin. Ne bouge pas. Je te ramène.

Caroff lui met les bras le long du corps, se lève. Il déploie une bâche sur lui. Il le cale de façon à ce qu'il reste allongé sans rouler malgré les mouvements du bateau. Caroff se relève, essaie d'évaluer l'ampleur de l'hémorragie, renonce, effrayé. Il sait que son pansement improvisé tiendra tant que le petit restera dans cette position. Et maintenant ? Appeler les secours c'est se retrouver chez les flics en moins de deux, la confiscation de tout le fric, l'anéantissement de tous les efforts de ces dernières semaines. *Impossible… impossible… Et les filles qui attendent…* D'abord, Toni… Il va rentrer le plus vite possible, déposer Toni aux urgences… *Oui… Oui… Allez !* Caroff retourne en titubant à la timonerie, réalise qu'il ne pourra jamais traîner les colis sous le bateau, va jusqu'au câble sous tension qui plonge sous la surface, remonte jusqu'au point d'ancrage au niveau du treuil hors d'usage. Une dizaine de coups de masse furieux suffisent à désolidariser l'ensemble. L'extrémité du filin métallique fouette dangereusement l'air avant de disparaître. Toni n'a pas bougé, il a les yeux clos. *Bouge le vieux !* Revoilà Caroff à la barre. Yann flotte à une dizaine de mètres. Son gilet troué s'est gonflé à moitié, Dieu sait comment, lors de sa chute à la mer. Il a la tête amochée, rejetée en arrière et un bras qui s'agite faiblement. *Salopard !* Caroff enrage. Il entame un large virage, revient vers lui, vise soigneusement la crête écarlate de ce cinglé et met les gaz à fond. Il ne sent pas vraiment l'impact et quand il se retourne, le corps de cet enfoiré a disparu, mais dans la manœuvre il a dû crocher le train de ballots dans l'hélice car brusquement le moteur s'étouffe et cale. Le bateau pique un peu du nez, se redresse, s'arrête. Caroff tente de redémarrer. Il n'y arrivera pas, il le sait, recommence quand même, recommence encore. *Fais chier !* Il va jusqu'à Toni. Il respire, ne répond pas à ses appels, il a les yeux clos mais il est encore vivant. Caroff s'assoit sur le pont. Il est sérieusement dans la merde. Bien plus que cela, il est épuisé. Il sent arriver l'état de choc comme une secousse sismique. Il se roule en boule, il tremble de la tête aux pieds. Le voilà couché aux côtés de son matelot. L'urgence de ramener Toni continue à hurler dans sa tête puis à crier de plus en plus faiblement. Elle finit par s'enrouer puis s'éteindre. Il doit fermer les yeux, se reposer un moment… Juste un petit moment…

Il a dû dormir, se réveiller vaguement puis replonger. Ce n'est pas vraiment du sommeil. D'ailleurs on pourrait compter sa perte de conscience en secondes peut-être. Des secondes trop pleines de mille détails douloureux, des aiguilles chauffées à blanc sous les paupières, au bout des doigts. Il perçoit le bruit de pattes sur le toit de la timonerie, quelque chose grince avec des périodes très régulières à l'avant, il entend des cliquetis aussi, et aussi il perçoit chaque battement de son cœur, chaque pulsation dans son cou, et puis aussi le bruit réconfortant lent et profond de sa respiration. Il est dans une sorte d'hibernation, une mise en veille du système, le temps de recharger tout ça, le temps de retrouver le fil. Le temps s'écoule encore, encore. Il pourrait sortir de sa léthargie, il le pourrait mais retarde de seconde en seconde le moment où il va lui falloir ouvrir les yeux sur ce désastre.

C'est la voix chevrotante de Toni qui le ramène.

– Patron… Patron…

Caroff retrouve peu à peu son ouïe, son équilibre. Il se redresse.

– Je suis là fils… Je suis là.

Il se demande s'il peut le faire boire, si cela pourrait compenser en partie la perte de sang et relever un peu sa tension artérielle. Il n'en sait rien. Il ne sait RIEN d'utile. L'édifice reconstruit à grands efforts depuis des mois est en passe de se fissurer à nouveau. *Réfléchis, réfléchis, connard !* Encore une fois il n'a rien senti venir, rien compris complètement, a été infoutu de protéger son équipier. Une vague de honte horrifiée le submerge. Il n'est qu'une espèce de porte-poisse pitoyable. *Tu avais bien raison Jakez…*

Des oiseaux criaillent à trois mètres au-dessus du sang qui s'écoule par le dalot. Caroff s'agite inutilement, il sait qu'il doit contacter les secours mais il tourne autour de sa honte, de son incapacité à faire la différence au moment crucial. Il se saisit d'un tuyau, lessive le pont. Il trouve une autre bâche pour mettre Toni à l'ombre, ramasse le fusil, ouvre la culasse, éjecte les deux cartouches dont une seule a servi, range l'arme à sa place… *Tu n'es qu'un sale con Caroff, un pauvre type ! Un minable ! Mais tu attends quoi vieux salaud ? Tu attends qu'il crève, c'est ça ? Arrête de t'apitoyer sur toi-même ! FAIS quelque chose !*

ENFIN une idée claire, une idée simple : appeler Marie, la faire partir immédiatement, la convaincre de ne pas l'attendre, s'assurer qu'elle le fasse VRAIMENT, réussir au moins cela… et prévenir les secours, SAUVER Toni.

Caroff va jusqu'à la timonerie, attrape son téléphone…

Chapitre 20

POINTS DE COMPRESSION

La première sonnerie n'a pas encore tinté. L'appareil recherche toujours le réseau, aussi perdu que son propriétaire. Un bruit de moteur au loin se rapproche, puissant, arrive tout près au dehors, s'adoucit, puis, un cri.

– Ohé ! Il y a quelqu'un à bord ? Ohé !

Caroff raccroche et apparaît aux yeux surpris de l'homme qui se tient à l'arrière d'un bateau gris et rouge avec un drôle de liseré en damier jaune et noir. Ça lui rappelle vaguement quelque chose. Le gars s'apprête à se mettre à couple, vu le peu de mer. Un chien se tient en appui sur ses pattes avant et il lève le nez, humant tout ce qu'il peut dans l'air. L'homme a déjà sorti des pare-battages plats et rectangulaires de belle taille et tient une aussière. Il n'est pas seul, une femme est à la barre, il la guide. Elle le regarde. L'homme le regarde. Caroff lève la main. Dans trois secondes ils vont voir Toni sous sa bâche. Tant mieux, plus le choix.

– J'ai besoin d'aide.

L'homme le scrute maintenant, il a évidemment remarqué les traces brunes sur son ciré, identifié le sang à coup sûr.

– Qu'est-ce qui se passe ? Vous êtes blessé ?

Caroff secoue la tête, montre du doigt l'endroit où est couché Toni.

– Moi ça va. C'est mon matelot.

L'homme a vu Toni, il lance aussitôt l'aussière, ils s'amarrent rapidement l'un à l'autre puis il monte à bord comme s'il prenait les choses en main. Caroff laisse faire. Ils vont jusqu'à Toni, s'agenouillent. Le gamin ouvre les yeux, son souffle est un peu rapide mais il ne souffre pas, il est toujours aussi pâle. L'homme écarte la bâche, examine le bandage, se relève et fait deux pas en arrière. Le chien jappe sur l'autre bateau, il fait des allers-retours, s'appuie des deux pattes au plat-bord, repart, recommence son manège. L'homme se tourne vers Caroff.

– Il semble stable mais il a besoin de soins urgents. Dites, j'ai rien entendu à la VHF… Qu'est-ce qui lui est arrivé ?

Caroff agite une main, répond à côté.

– Ouais je sais, l'antenne est foutue, et pas de réseau ici.

L'autre le regarde d'un peu plus près, un peu plus attentivement, jette un œil périphérique rapide aussi. Une petite houle d'ouest ondule lentement. Pas d'autre bateau en vue.

– On va appeler de la mienne !

Et il tourne les talons, enjambe la main courante et se retrouve à son bord. Le chien arrive. La femme est toujours à l'entrée de la timonerie, la main en visière, silencieuse.

– Vous venez ?

Caroff saute sur le pont. La femme s'écarte. Ils entrent. Ils sont passés dans la cabine de bonne taille. Le chien est venu le renifler et est allé se coucher sur une couverture au pied du poste de pilote. Il remarque évidemment les nombreux sièges, devine dans l'instant la fonction du bonhomme, se rappelle aussi l'article qu'il a lu à son sujet dans la presse locale. Il doit même avoir une de ses cartes quelque part au mobil-home, mais pas moyen de se rappeler son nom. Il aperçoit la couchette en désordre à l'avant, un sac de vêtements. Ils ont l'air de revenir d'un week-end amoureux. L'homme a la main sur l'émetteur. Il se tourne vers lui.

– Vous préférez le faire, non ?

Caroff opine, saisit le combiné que lui tend Brieuc, le visage fermé.

– Pourquoi vous n'êtes pas en route ?

– Je suis passé sur ma ligne de casiers. J'ai un bout dans l'hélice à tous les coups… Je me serais mis à l'eau pour dégager tout ça si vous n'étiez pas arrivé… Mais… Avant il faut absolument que je téléphone, tout de suite, si vous avez du réseau.

Brieuc fronce les sourcils. Rien de ce que dit ou fait ce type ne lui semble logique, mais il ne répond pas, lui passe un mobile. Caroff garde la VHF en main, compose le numéro sur le portable. Marie décroche immédiatement.

– C'est moi, Marie.

Caroff passe sur haut-parleur sciemment. *On va gagner du temps.* Son propos est un peu haché au début par les questions inquiètes de sa femme, mais il dit les bons mots, retrouve l'assurance qui seule peut faire accepter à Marie l'idée de PARTIR !

– Écoute chérie, écoute. On a eu un problème, un gros problème. Yann a pété les plombs… Il a agressé Toni… Chut, écoute, laisse-moi parler… Tu sais ce qu'on avait dit ? Le plan B… On va le faire. Tu dois partir tout de suite, maintenant ! Tu fais comme on avait dit… Non, non, Toni est blessé, je ne peux pas le laisser… MARIE ! TU PRENDS LES SACS, TU PARS !

Il y a une courte pause, et Caroff reprend la parole. Il n'a jamais haussé le ton de cette façon avant, jamais. Le couple l'observe en silence, entendant tout, ne saisissant rien.

– Marie, pardon… Je peux pas laisser Toni… C'est juste impossible… Non, non, je ne suis pas seul…

Il se tourne vers l'homme.

– C'est quoi votre nom ? Ma femme veut savoir votre nom.

– Mon nom ? Brieuc, Jos Brieuc. Mais…

Caroff se détourne, replonge dans le chaos qu'il vient de déclencher à terre.

– Il s'appelle Brieuc… et sa femme je crois. Ils vont nous ramener… Je dois y aller chérie, et toi aussi. Tu fais comme on a dit. Je vais raccrocher maintenant… Si. Il le faut… Non… Écoute ! PARS, tout de suite ! Je vous rejoins plus tard. Je t'appelle. VA !

Et il raccroche. Il se rend compte qu'il ne lui a pas dit au revoir, ni qu'il les aime plus que tout, et qu'il lui a parlé comme à un chien, espère que Gaëlle n'a rien entendu de tout ça… Il lève les yeux vers Brieuc et la femme, hoche négativement la tête lentement. Il se sent différent tout à coup. Un autre Caroff… *Encore un*, pense-t-il, *mais y en a combien bon Dieu, des Caroff dans cette carcasse ?*

Brieuc s'impatiente.

– Bon, on appelle le CROSS, ça urge maintenant et c'est quoi cette histoire d'agression ? Il est où l'autre, Yann ?

Caroff hésite à arracher le combiné, le repose, gratte légèrement la pellicule brunâtre de sang séché au dos de sa main. Il regarde Brieuc en face à présent.

– Vous allez m'aider à transférer Toni et on rentre sur la rade le plus vite possible. Je ne PEUX PAS alerter les secours. C'est IMPOSSIBLE. Pas maintenant. On doit leur laisser le temps.

Brieuc manifeste son incompréhension, hausse les épaules, secoue légèrement la tête, regarde le *Marie-Gaëlle* et reporte de nouveau son attention sur Caroff, attendant l'explication. La femme s'est assise. Le chien est venu poser sa gorge sur sa cuisse, attendant une caresse qui ne vient pas.

– Du temps ? Vous savez qu'il est vraiment mal votre gars ? Vous avez compris ça ? Que si on ne fait rien…

– Justement mec ! Faudrait peut-être arrêter de bavasser maintenant et se mettre en route ! Allez ! Brieuc ! On y va !

Il l'a appelé par son nom à l'instinct, sans calcul, et ça marche. Il se lève, prend Brieuc par l'épaule, le sent se raidir, l'entraîne quand même à sa suite. Choper Toni n'est pas bien difficile, le petit ne pèse rien. Ils l'allongent sur une planche, le changent de bord, l'installent au mieux à l'intérieur. Le bandage tient. Toni sort un instant de sa léthargie, dit quelques mots indistincts, replonge.

Brieuc détache les aussières, les moteurs grondent.

– On fait quoi de votre bateau ? Ho ! On en fait quoi ?

Caroff ne répond pas. Il est penché sur Toni, il lui tient la main, lui parle à l'oreille. Quand il relève la tête, Brieuc voit les larmes sur son visage dévasté, n'insiste pas. Ils s'éloignent, accélérant progressivement, laissant tout en plan. Le jusant va emporter le *Marie-Gaëlle* gentiment et puis voilà, il peut dériver comme ça pendant des heures, des jours peut-être, avec beaucoup de chance… Bientôt, ils foncent vers l'entrée du goulet au loin. Les Tas de Pois étincellent sous la lumière déclinante comme des falaises de marbre. Des dizaines d'oiseaux en décollent, s'y posent ou simplement survolent le site, surveillant les passes où le bar est en chasse, plongeant à l'occasion. Ils n'en voient rien, ils pourraient être sur la lune ce serait tout comme. Caroff s'est repris, a rejoint Brieuc à la barre. La femme s'est assise tout près de son homme. Son visage est fermé et Caroff n'a toujours pas entendu le son de sa voix. Brieuc a les mains sur la barre et la commande des gaz, il le surveille du coin de l'œil.

– … Merde, mais vous êtes qui vous ?

Ouais, c'est vrai ça, bonne question… Alors Caroff leur déballe tout. Depuis le début, la totale. Depuis ce jour où il avait déconné à mort en sortant en dépit du bon sens, provoquant la mort du petit, la haine des Marric et puis au final la proposition de cette ordure, leur combine, le projet de fuite, sa fille, Marie… Enfin, TOUT quoi. Il fallait bien qu'ils COMPRENNENT bordel ! Brieuc s'est raidi sur son siège. La femme ne dit toujours rien, elle a mis une main devant sa bouche. Caroff continue, il sent l'émotion remonter rapidement, son rythme de parole s'accélère.

– Ce devait être notre dernier voyage. En tout cas je l'avais prévu comme ça. Je comptais abandonner ce soir et me tirer…

Il fait un geste vague vers le continent.

– Les gros bonnets là-bas, apparemment eux aussi voulaient abréger la chose… Je pense, je pense qu'ils ont manipulé mon matelot, Yann, qu'ils l'ont poussé à m'éliminer… il y a eu une bagarre, c'est allé très vite. Il est passé à l'eau.

Le couple encaisse les informations les unes après les autres.

– Toni. C'est mon deuxième type… Un sacré bon gars. Il a tout pris à ma place. J'ai rien pu faire pour lui bon Dieu. Rien… Yann, il était enragé, il était enragé, complètement secoué.

Caroff se tait enfin. Il les regarde. Ils sont en train de se demander si ce n'est pas lui le cinglé, délirant, dangereux et fou à lier… et BIEN SÛR qu'il l'est ! La seule chose qui les retient pour l'instant de prévenir les flics, la raison qui les fait croire en partie à son histoire, c'est l'attention réelle qu'il porte à Toni sans doute, et le coup de téléphone à Marie… *Marie,*

Marie… Brusquement le manque de luminosité le frappe. *Mais il est quelle heure bon sang ? Déjà si tard ?*

C'est à ce moment qu'il a une première pensée pour le boss, le type qui va les attendre à la station de lavage. Il imagine le coup de téléphone. Il voit la gueule de l'autre con s'empourprer, il imagine sa colère. Il le voit s'agiter, commencer à donner des ordres dans tous les sens, essayer en vain de joindre Yann peut-être, ou Toni… Il voit des portières claquer, des mains se crisper sur des crosses, de mauvaises hormones circuler trop vite dans les artères et les veines. À cette heure-ci Delmas doit commencer à craindre pour son avenir. Il est redescendu de quelques échelons, quasiment tombé de l'échelle le bonhomme, et ça le terrorise sûrement et ça le rend furieux évidemment. Caroff doit vite mettre Toni en sécurité et rejoindre Marie et Gaëlle. Babeth et Brieuc n'occupent aucune part de son esprit. Ils n'entraveront pas sa fuite. Quant aux conséquences pour eux, il ne les envisage tout simplement pas. Il tâche de résoudre les problèmes un à un. Comme disait le paternel, *c'est pas une fois que t'as chié dans ton froc qu'il faut serrer les fesses*…

Il avance. Il avance, mais il est tout près de tomber d'épuisement.

Brieuc pilote son embarcation, debout, le geste précis, le visage fermé et changé dans la lumière rouge de l'habitacle, sa femme les regarde alternativement, elle ne dit rien. Au bout d'un moment elle sort des sandwiches, une bouteille d'eau. Caroff remercie, se jette dessus. Elle va jusqu'à Toni, lui touche le front, elle hésite, lui humecte les lèvres, il laisse faire, elle lui repose la tête.

– Il est fiévreux. Il lui faut des soins. Et très vite.

Voilà. Elle a enfin parlé, mais c'est déjà terminé, elle retourne vers Brieuc en le regardant à peine. Elle est grande, jolie… et froide et mince comme une lame.

– Merci. On y va… On y va…

Enfin Caroff se couche à même le plancher d'aluminium de la cabine, sur un côté, parallèlement à Toni, partiellement dissimulé par une rangée de sièges, s'ils lui viennent à l'idée de le choper cela entravera leurs mouvements. Mais ce n'est apparemment pas dans leurs plans. Elle lui a tendu une couverture en silence, qu'il a prise. On ne voit plus son visage, et il sombre. Le chien s'est couché entre lui et l'endroit où se tient le couple.

Jos et Babeth se retrouvent seuls enfin. Ils le regardent et se demandent s'il dort, s'il simule, si c'est un fou. Ils sont côte à côte et se tiennent tout près l'un de l'autre. Ils parlent peu, à voix basse. Ils se répètent des phrases en boucle, n'arrivent pas à développer une pensée cohérente. Elle veut le livrer aux gendarmes, lui aussi. Elle ne le lui dit pas car elle sait que Caroff fera tout pour leur échapper, c'est évident, et il faudra qu'ils se battent. Lui non plus ne le lui dit pas, non par lâcheté, mais il n'envisage pas de la laisser seule avec lui au cas où il aurait le dessous. Ils doivent se mettre en sécurité. Ils vont le ramener, après… Et le blessé, Toni… Après ils pourront toujours appeler les gendarmes. Oui, c'est une façon de faire quelque chose. C'est la seule façon de faire quelque chose. Ils filent dans le goulet comme dans un rêve, ils traversent la rade à vingt-cinq nœuds, ils arrivent en vue du chenal du port de plaisance, des infrastructures, Caroff a surgi aux côtés de Brieuc pendant l'approche. Jos ralentit, ralentit encore, et entre dans le dédale de pontons. Caroff et lui amarrent son bateau. Le chien saute sur le ponton et file s'ébrouer dans les buissons qui bordent l'aire de stationnement.

Ils sont à l'intérieur à présent auprès de Toni. Les saignements ont cessé complètement mais il est chaud, il développe certainement une infection. Il ne peut pas rester comme ça longtemps. La tension recommence à monter dans l'habitacle. Brieuc veut reprendre la main.

– Bon ! On y est. Je vais tout de suite appeler les secours.

Caroff se remet sur ses deux pieds. Il a dormi tout à l'heure et son petit somme l'a bien requinqué. Jusqu'à présent il n'a pas SI MAL géré la situation. Marie et Gaëlle sont loin, il faut qu'il les appelle d'ailleurs, et Toni est stabilisé… Oui, mais jusqu'à quand ? Il jette un œil à sa montre. Elles ont encore besoin de quelques heures pour être tirées d'affaire. Est-ce que Toni va tenir jusque-là ?

– C'est trop tôt. Il faut me laisser jusqu'au matin.

– Quoi ! Mais il est en train de faire une septicémie ou je sais pas quoi ! Et vous dites que c'est VOTRE gars ? CONNERIE !

Caroff ne doit pas laisser ce mec monter en régime, il va bientôt se croire assez fort pour lui marcher dessus.

– OUI ! OUI ! Je donnerais ma VIE pour lui, mais PAS celle de Marie, PAS celle de Gaëlle !

Il se tourne vers Toni, déchiré quand même.

– Tu m'entends ? Tu m'entends gamin ? Tu dois tenir jusqu'à demain fiston !

Brieuc n'écoute plus vraiment, il secoue la tête. Il est agité. Il a attrapé une torche électrique longue et lourde. Il l'assure dans sa main droite, la balance sans vraiment s'en rendre compte, écarte Babeth de l'autre main. Le chien, qui est revenu, a senti la tension, s'est redressé. Il observe alternativement le trio et l'objet qui oscille dans la main de Brieuc. Babeth regarde son homme et le voit comme jamais avant. Il est dur, très dur. Son visage même a changé. Ses traits sont tirés, tendus vers l'arrière. Ses yeux sont plus minces. Il est un peu replié sur lui-même, prêt à libérer cette force qui grandit en lui. Elle craint qu'il ne la maîtrise pas. Elle sursaute quand il parle. Même sa voix lui paraît effrayante.

– La ferme ! Vous croyez qu'on va le laisser crever comme ça comme si de rien n'était ? Enfin, merde !

Caroff le regarde. Il le regarde intensément. Il ne le laissera PAS prendre ce foutu téléphone. L'homme est fort, il n'en viendra pas facilement à bout, mais lui a toujours le couteau dans la ceinture. Il sent Brieuc sur le point de lui sauter dessus, mais celui-ci est retenu in extremis par la présence de sa femme. Brieuc hésite encore sur la meilleure façon de la protéger. Il est prêt à tout pour défendre Babeth, mais il n'a empoigné personne depuis l'école primaire, et encore. Caroff ne voit pas comment le neutraliser sans avoir à le blesser. S'ils en viennent aux mains aucun des deux ne pourra s'arrêter avant d'en avoir terminé avec l'autre. Et impossible de savoir comment va réagir le chien. *Pitié, seigneur…*

La tension monte en Caroff, comme un ressort bandé à l'extrême limite de sa résistance, qui va céder, et déclencher l'irréversible dans cet habitacle. L'épuisement qui l'a terrassé un peu avant revient en force, l'empêchant de réfléchir vraiment, le focalisant sur un objectif unique : neutraliser Brieuc. Il inspire plusieurs fois profondément et tente de visualiser l'enchaînement des gestes qu'il va devoir mettre en œuvre. Attraper le couteau dans son dos, se lever, bloquer la main de Brieuc qui tient la torche et… Il le frapperait à la gorge d'abord, puis à l'aine s'il pouvait. Caroff avance lentement la main vers son dos, se retient encore un peu… Brieuc a senti le changement de posture chez Caroff. Il se raidit encore un peu plus…

C'est Babeth qui prévient l'irréparable. Personne ne le saura jamais précisément, mais il s'en est fallu d'une seconde avant que Brieuc et Caroff ne se jettent l'un sur l'autre. Une seconde fragile et unique qu'elle a su saisir au vol.

– Jos, les poches…

Brieuc cille… Il ne comprend pas. Elle continue d'une voix égale et lui a posé la main sur l'avant-bras qui tient la lampe, contracté, bandé comme une arme.

– Les poches de plasma, de sérum qu'on a chez toi… Tu sais bien, les médicaments de René… Je pourrais perfuser Toni… En attendant mieux…

Brieuc comprend enfin de quoi elle parle, René… Oui il a transporté chez lui quelques affaires de chez René et Josette, du matériel médical notamment, et il est presque sûr d'avoir aussi un antibiotique à large spectre pour le petit… Il secoue la tête… C'est de la folie… Ils vont juste réussir à provoquer un choc allergique ou une autre connerie de ce genre…

Caroff frémit. Il vient de sortir de ce tunnel mental qui l'amenait doucement à commettre l'irréparable. Il parle, s'agite. Brieuc l'observe. *Qu'est-ce qu'il dit lui ?*

– C'est très bien. C'est très bien. On fait ça. Demain je disparais. Vous n'aurez qu'à dire que je vous y ai obligé… C'est la vérité non ? Allez, Brieuc…

Caroff tend la main vers Jos. Celui-ci ne bronche pas. C'est Babeth qui avance la sienne à plat, tendue et ferme, comme le regard qu'elle plante en lui. Alors Caroff hoche la tête, retire lentement le couteau qu'il a dans le dos, le pose loin devant lui sur la table. Il se dit que c'est un geste positif. Il se dit que c'est une façon d'orienter le destin peut-être, de ne pas avoir à faire couler leur sang. La femme s'en empare vivement, fait deux pas dehors, il n'a pas le temps de lui dire de ne pas le jeter à l'eau, que c'est un cadeau de son père, le seul dont il se souvienne… Puis Brieuc coupe les circuits, éteint tout, ferme l'habitacle. Ils transportent Toni sur le quai désert pendant que Babeth approche le fourgon. Ils roulent maintenant, lui à l'arrière avec Toni, eux devant. Caroff les regarde, Babeth se tient serrée contre Brieuc et le manque de Marie et de sa fille lui saute à la gorge. Il faut les appeler… tout à l'heure. De nouveau Caroff se sent au bord du malaise, chaque obstacle franchi le laissant un peu plus épuisé.

Brieuc roule, longe les bassins et les bâtiments industriels du port de commerce, passe le port de plaisance, les centaines de mâts cliquetants dressés vers le ciel de plus en plus bas, de plus en plus lourd, emprunte une rampe, avale un à un tous les halos jaunes des lampadaires de la rocade, s'engage sur le pont de l'Iroise, entame la montée vers Plougastel, sort à la première bretelle. Quelques tours de roue encore, et les voilà arrivés chez lui, chez eux. Le fourgon s'arrête devant la maison. Ils restent un instant dans l'habitacle, silencieux, épuisés. Babeth détache sa ceinture et se rapproche de nouveau de lui. Il la prend par l'épaule, la serre contre lui. Le moteur cliquette en refroidissant. Caroff est affalé en arrière. Ils entendent un grain arriver en grondant dans les arbres sur la colline, et bientôt c'est la hargne de la pluie sur la tôle du fourgon, une colère cinglante et froide à mille voix.

Chapitre 21

DÉCANTATION

Marie et Gaëlle sont assises devant la gare maritime, comme si Caroff allait les rejoindre d'un instant à l'autre, comme s'il suffisait d'y croire assez fort pour que cela arrive vraiment. La fillette pleurniche. Le bâtiment est éclairé d'une lumière beaucoup trop blanche et froide. La pluie battante ne les a pas encore fait se réfugier à l'intérieur mais il va falloir s'y résoudre bientôt. Elles sont seules, à l'abri relatif de l'avancée du toit métallique. Elles ont des sacs de voyage à leurs pieds. Une flaque commence à se former devant elles dans un creux du bitume. C'est une vaste couche d'eau en expansion rapide, grêlée de cratères éphémères qui se multiplient rageusement, ne laissant aucun répit à la surface brouillée. Rien ne peut s'y refléter. Rien, sinon la toute-puissance du ciel. Elles n'ont pas encore pris le bateau qu'il y a déjà comme un petit océan en colère entre elles et Caroff, résolu à les séparer. Marie a les pieds trempés, elle non plus n'est pas loin de pleurer. Elles ont cherché Aspro pendant une demi-heure avant de partir sans le trouver. Puis il y a eu le taxi, le trajet comme une espèce de torture qui ne disait pas son nom, à scruter le téléphone, à interroger la boîte vocale toutes les deux minutes, pour RIEN, sous le regard perplexe du chauffeur dans le rétroviseur. Maintenant elles sont là. Le bateau part demain matin tôt. Elle a les billets. Elle a l'argent. Elle a sa fille. Elle a l'essentiel ! Mais tout ça vaut-il quelque chose SANS Caroff ? Bien sûr que non, et bien sûr que OUI ! C'est maintenant que sa résolution est vraiment mise à l'épreuve, qu'elle doit montrer ce qu'elle a dans le ventre. Elles attendent donc Caroff et elles ont froid, faim aussi. Marie se dit qu'il va falloir trouver une chambre pour la nuit, que Caroff ne sera pas là ce soir. Qu'elles vont devoir prendre le bateau demain sans lui. Le plan B. Le foutu plan B qui leur tendait les bras depuis le début. Mais Marie COMPREND parfaitement ce qu'est en train de vivre son homme. Elle voit le cauchemar un temps oublié prendre forme à nouveau. Ce salopard de destin qui cherche à prouver à toute force qu'il existe bien, et que Caroff n'y peut RIEN, rien d'autre que se coucher devant la fatalité qui s'impose à lui, et admettre de voir ses hommes mourir les uns après les autres… Marie commence à accepter l'idée que ce combat arrive à son terme et que Caroff le mènera sans elle cette fois, que c'est ainsi, et qu'elle aussi a à mener sa propre bataille de son côté.

Alors elle prend une grande inspiration, se redresse et se lève. Elle attrape les sacs, cherche et trouve les yeux éteints de sa fille, lui envoie un sourire et un regard farouche qui raniment aussitôt l'enfant. Gaëlle repositionne son sac à dos, serre le cordon de sa capuche qui lui fait à présent un visage rond et résolu, réduit à ses yeux plissés, à son petit nez et à sa bouche un peu crispée. Elle passe ses pouces sous les bretelles de son sac et lève le visage vers sa mère. Elle est prête.

Depuis l'annonce de l'absence de Yann au rendez-vous prévu, Delmas est sur des charbons ardents. Il a d'abord pensé qu'il avait un peu de mal à ramener l'embarcation tout seul mais cela n'expliquait pas son mutisme au téléphone, quoiqu'avec ce gars, impossible de bien savoir ce qu'il avait en tête. Et 180 ? Qu'est-ce qui s'est passé sur ce foutu bateau ? Il s'en veut d'avoir tardé à envoyer un de ses gars planquer devant chez Caroff. D'ailleurs, ils ne sont pas assez nombreux pour être efficaces. Il aurait dû envoyer Ruben et Raphaël patrouiller sur le port depuis des heures mais il ne voulait pas rester seul à l'hôtel. Raphaël l'avait regardé, étonné, mais s'était abstenu de tout commentaire. Rester au sec devant le câble lui allait très bien. Il avait même tenté de se servir en alcool dans la chambre, juste pour voir. L'autre n'avait rien dit, ou plutôt si, il en avait réclamé aussi ! Raphaël avait préféré rester sobre finalement, pendant que son patron s'envoyait de la vodka. Delmas perdait complètement pied et cela ne resterait pas sans conséquence à leur retour. Il fallait qu'il pense à ça. Aucune raison pour lui ou Ruben de morfler à cause de ce clown. C'était leur deuxième voyage ici et il n'était toujours pas foutu de les traiter avec un minimum de respect, n'écoutait rien de ce qu'ils lui disaient. Raphaël ne comprenait toujours pas pourquoi on ne leur avait pas demandé de s'occuper de ces types à leur retour de « pêche ». À cette heure, ils seraient déjà tous dans l'avion. Il se demande s'il doit contacter l'oncle lui-même et lui annoncer le fiasco en cours. Apparemment Delmas aussi se pose les mêmes questions. Il n'arrête pas de prendre le téléphone, de regarder l'heure, d'appeler Ruben en planque devant la turne de Caroff. Mieux vaut le laisser se démerder avec son oncle, faire profil bas, obéir aux ordres... Encore faudrait-il en recevoir ! Il monte le son, juste pour le faire râler et voir sa réaction. Plutôt que de l'envoyer paître, le boss va s'enfermer dans la chambre. Raphaël secoue la tête de dégoût et commande une collation à la réception : une douzaine d'huîtres, du pain de seigle, une demi-bouteille de sauvignon bien frais, et du beurre salé, il insiste, salé surtout. On le rassure. Il raccroche, satisfait.

Non loin de là, sur le port Ruben fume. Il tient un téléphone, explique au boss qu'il a passé quelques heures devant la cabane à poules de ce type, qu'il n'y a pas eu de mouvement. *Fouiller le mobil-home ?* Il l'avait déjà fait, rien trouvé de spécial, pas la marchandise en tout cas, ni le fric, de la bouffe pour chat. Un chaton. *Oui, oui un chat, un petit chat blanc... Oui, on s'en fout, pardon.* D'accord, il allait élargir ses recherches en partant de cette espèce de caravane déglinguée. Il écoute en silence, mais avec irritation, le boss lui expliquer comment faire : procéder par cercles concentriques de plus en plus larges et patati patata. *Non mais il se croit où ce fada ?* Il y a des impasses partout, des travaux en cours, des sens uniques, mais ça bien sûr il ne veut pas le savoir… Il acquiesce pour le faire taire, marmonne, il va faire ça, bien sûr. S'il ne trouve rien dans une heure… il y a un blanc, il attend sans rien dire, eh bien… il n'a qu'à rappeler. *Ben voyons…* Ruben raccroche, soupire. Le chaton ronronne au creux de sa poche. Il le sort, le caresse, le ramène au mobil-home et le pose au sol à l'intérieur puis referme la porte, vérifie machinalement le fonctionnement de la chatière. Ça crépite dehors. Il lève le nez au plafond, vérifie le panneau de plexi faïencé qui tient lieu de fenêtre. Il recommence à flotter. *Misère, cela va être une très longue nuit.* Il regagne son véhicule courbé en deux au pas de course et commence sa maraude. C'est le quartier le plus pourri et crasseux de tous ceux qu'il a pu voir jusqu'ici. La seule chose qui paraît vivre un tant soit peu, ce sont quelques enseignes des bars et bistrots qui ponctuent les ruelles menant aux quais du port de commerce. Il y retrouve un peu plus de lumière et de présence humaine, enfin faut le dire vite, des silhouettes plutôt, qui se pressent de trouver un abri. C'est complètement con d'imaginer Caroff et sa smala dehors en pleine nuit, à pied, par un temps pareil. Non, soit ils ont filé, et il miserait assez gros là-dessus, soit ils sont au chaud quelque part. Il ne les trouvera jamais, à moins d'un coup de chance énorme. La fatigue lui tombe dessus, une lassitude lourde et hargneuse. *Et puis merde !* Il se gare devant un pub irlandais. Il a une heure devant lui. Voyons, une bière, ou plutôt deux, un fish and chips ET de la musique. VOILÀ ce qu'il lui faut. Ruben, guidé dans les rafales par les grésillements intermittents rouges et bleus des cigarettes, fait en titubant les quelques pas qui le mènent aux fumeurs plantés comme des balises à l'entrée du bar. Au feulement menaçant du vent dehors succède le boucan du troquet. Le gars débordé au comptoir annonce l'arrivée des pintes et des plats chauds. Des musiciens boivent une mousse entre deux morceaux et plaisantent. Ruben se trouve une place et pivote vers le groupe une fois sa commande passée. Il trouve la violoniste extraordinairement belle. Longue et mince, elle est penchée sur son instrument, règle la tension d'une corde. L'acajou sombre de sa chevelure se confond presque avec la patine du violon. Évidemment elle porte une robe vert sombre dans une sorte de velours un peu désuet qui tranche sur sa peau crémeuse. La fille se redresse, et aussitôt autour d'elle, il y a comme un frémissement. Les premières notes de la flûte s'imposent au boucan ambiant sans grande difficulté. À la petite table du coin il y a deux types improbables un peu bruyants. Les deux gars sont forcément apparentés, ossature lourde et gueules de parfaits connards. Le plus jeune bénéficie, façon de parler, d'une sorte de balafre géante négligée qui aurait presque pu lui améliorer le portrait tant l'original paraît bouffi et pour tout dire, simiesque, mais la comparaison serait presque injuste pour nos cousins les primates. L'autre ne paraît guère mieux loti. Il a une cage métallique autour du genou, et une béquille est posée à même la table entre eux deux comme une espèce de menace latente. Au-delà de leurs petits problèmes physiques, ce qu'il a repéré tout de suite c'est l'éclat mauvais dans les yeux, l'envie grandissante dans les poings crispés au fur et à mesure des pintes vidées, d'attraper le premier blanc-bec venu, un petit étudiant en sciences sociales ou en littérature, bien poli et mignon de préférence, pour en faire de la pâtée pour chien. D'ailleurs, il y a comme une zone d'exclusion autour de leur table et leurs tentatives de provocations débiles n'ont pour l'instant rencontré aucun écho, mais cela va arriver, forcément, et il est encore tôt… Pas son affaire. Il se retourne vers le barman, hausse le ton dans le vacarme ambiant.

– Pas vu Caroff ! Il est passé ce soir ?

L'homme au comptoir s'approche, montre ses oreilles. Ruben répète, plus fort.

– CAROFF ! Il serait pas là des fois ?

Le gars hausse les épaules, connaît pas ce mec. Il secoue la tête.

– Je vous ressers ?

Et c'est reparti pour une montée en pression mousseuse et ambrée… *Et puis merde, va te faire pendre, Caroff…*

La deuxième bière en avait appelé une troisième, puis imposé la visite des toilettes de l'établissement : une simple tôle d'inox posée contre un bout de mur, munie d'une rigole au pied, où les hommes pissaient en rigolant, oscillant légèrement, au gré de leur ivresse variable. Ruben avait opéré en regardant droit devant lui, légèrement embrumé. Il s'était secoué et avait gagné la sortie.

Les Marric eux sont déjà dans leur bagnole, une petite voiture de location avec, la honte, une boîte automatique, rapport à la patte folle de l'aîné... Ils ne l'ont que depuis trois jours mais elle est déjà devenue une espèce d'annexe mobile de la déchetterie centrale, l'aspect tri sélectif en moins... Cannettes, emballages de restauration rapide, frites écrasées entre les sièges, mégots par terre assurent l'essentiel du décor, et, pour couronner le tout, il y règne une odeur mouillée de grands fauves africains après une pluie d'orage... les Marric dans toute leur splendeur. Et ils sont excités les gars, ils trépignent en attendant de voir sortir le type qui cherche après Caroff... Tombe bien celui-là, mais faudra prendre son tour, et pas sûr qu'il reste quelque chose à becqueter sur son cadavre après leur passage... Pas après ce que ce cinglé a osé leur faire l'autre soir ! Et l'assurance qui n'a rien voulu savoir pour la caisse ! Les enfoirés ! Le voilà qui apparaît enfin, lève des yeux furibonds au ciel, provoquant leur rire mauvais.

– Eh ouais ducon ! Bienvenue en Bretagne !

L'autre démarre et c'est parti pour une filature dans la nuit sous des trombes de flotte. Pourquoi retourne-t-il chez les Caroff ce naze ? Il n'y a personne là-bas. Ils le savent. Ils ont vérifié. Ils le suivent quand même, s'arrêtent à bonne distance, se garent dans l'ombre d'un hangar désaffecté pendant que l'autre continue, s'arrête au plus près du mobil-home. Ruben veut être sûr de ne pas être passé à côté d'un indice parce qu'il n'a toujours rien à dire de concret au boss et que ça aura du mal à passer. Une poussée sur la pauvre porte en alu, le chaton est toujours là, il revient vers lui en sautillant, il le repousse, *pas le temps, dégage !* Il hésite, finit par allumer le plafonnier, sait qu'il salope le boulot, tant pis. Un tour d'horizon rapide lui confirme la pauvreté apparente du site comme disent les archéologues, *apparente*… Quelques vestiges de repas dans l'évier, la zone de couchage, encore froissée, des papiers par terre, deux placards ouverts, quasi vides. Il se penche. Au sol, des dessins d'enfant qui traînent. Il les examine, *joli coup de crayon la gamine*, les défroisse et les pose sur la table en Formica. Et au moment où il relève les yeux, comme une intuition qui le traverse. Il la sent physiquement, un frémissement imperceptible entre les épaules. Il se rapproche du réfrigérateur recouvert d'autres dessins, de magnets, de mémos, de factures, de listes. Il prend un à un les Post-it colorés, les lit, les trie, les met de côté. Il effeuille le frigo, le fout littéralement à poil méthodiquement. Au milieu du fatras de papiers divers, quelques cartes professionnelles : une pizzeria, un taxi, un article découpé dans le journal, la pharmacie de quartier et le numéro d'un toubib. Il sort son téléphone, appelle le restaurant, demande monsieur Caroff, *personne à ce nom ce soir, tant pis, merci*. *Merde*. Il raccroche, laisse tomber le médecin, la pharmacie, essaye le taxi, tombe sur un répondeur qui lui apprend la cessation d'activité de l'artisan… Reste l'article, la photo d'un grand type souriant sur fond de port, *tous transports de personnes dans et hors la rade*… Il fait une pause… *Deux mecs avec un point commun, la mer… Deux marins…*

Pourquoi pas ? Il y a une adresse, un numéro de téléphone, bref, une piste à suivre. Allez, vite, appeler le boss maintenant… Delmas décroche dans l'instant, le coupe dans ses explications… Non il n'est sûr de rien mais il le sent bien, *ça tient la route. TAXI RADE SERVICES, un taxi maritime, oui.* Ruben précise le numéro de ponton. Ils le rejoignent dans cinq minutes, *d'accord.* Il allume une nouvelle cigarette, espérant chasser un peu les vapeurs d'alcool et se met en route, les Marric encore dans sa roue. D'ailleurs ils ont bien failli le perdre. La faute au plus âgé des deux qui devait ABSOLUMENT faire pleurer le colosse. Il s'en était foutu partout en claudiquant pour revenir à la bagnole avant d'avoir terminé l'affaire… Ils s'engueulent, démarrent enfin et le rattrapent au premier rond-point. Il a l'air de savoir où il va, le sagouin. Seulement voilà, la petite lueur orange qui était apparue hier déjà au tableau de bord s'est mise à clignoter rouge cette fois, provoquant une nouvelle prise de bec entre les deux frères sur QUI aurait dû faire le plein de la bagnole… Ils roulent normalement peut-être encore trois cents mètres à peine, puis il y a un cahot, quelques toussotements, et leur véhicule finit par s'échouer mollement sur le bas-côté, complètement à court de carburant. Les frangins résignés regardent disparaître les feux arrière de la voiture de Ruben. *On est vraiment trop cons…*

Oui, trop cons, et chanceux aussi d'une certaine façon, mais ça les Marric n'en sauront jamais rien.

Le boss attend avec Raphaël à l'endroit convenu. Ils jettent un œil autour d'eux, au panneau publicitaire de Brieuc, puis Raphaël escalade le portillon, descend jusqu'au bateau. Il sort un pied de biche court et lourd, réussit à l'insérer dans le joint de la porte de la cabine et force l'entrée. Il allume une lampe torche, passe rapidement le faisceau dans l'habitacle, repère tout de suite une sorte de serviette en cuir glissée dans un rangement à droite du poste de pilotage. Il l'ouvre, trouve divers papiers administratifs, quelques factures, une enveloppe décachetée au nom de Jos Brieuc. Il la garde en main un moment, repose la serviette à sa place, fourre l'enveloppe dans sa poche, sort en refermant la porte, repasse le portillon, tend l'enveloppe au boss. Ils retournent aux voitures. Le boss demande à Ruben d'entrer l'adresse dans le GPS. Encore un de ces noms barbares ! L'appareil mouline un petit moment. Il y a bien une allée avec le nom mais pas de « garenne ». C'est quoi ça une garenne nom de Dieu ! Arrivée à destination dans sept minutes.

– Roule, roule maintenant !

Chapitre 22

CONVERGENCES

Toni est dans le canapé du salon. Ses plaies ont été nettoyées, noyées sous la Bétadine, et Babeth lui a posé des strips, faute de mieux, et refait le bandage. Et surtout il est maintenant sous plasma et antibiotiques, de quoi voir venir. *Merci René.*

Caroff peut maintenant se relâcher un peu. Il s'est isolé dans le bureau pour passer un appel à Marie, il a pu parler brièvement à sa fille, inconsolable d'avoir perdu Aspro. Il lui promet qu'il repassera chez eux, qu'il le trouvera peut-être avant de les rejoindre. Elles ont mangé, sont au sec et au chaud pour la nuit. Tout va bien… Marie est très soulagée de savoir Toni stabilisé, elle entend la lassitude dans la voix de son homme, son besoin impérieux de dormir. Ils se quittent. Il n'a pas oublié cette fois de lui dire le plus important. Elle lui rappelle qu'elle a confiance en lui, plus que jamais, qu'il a fait les bons choix, qu'elle est fière de lui. Il n'en fallait pas plus pour achever Caroff. Il tombe dans un fauteuil devant la baie vitrée. Babeth vient lui servir un bol de soupe, un miracle fumant et odorant.

Le chien s'est couché à ses pieds. À présent, il lutte contre le sentiment de satiété, la chaleur ambiante et la présence rassurante de Brieuc, et surtout de sa femme si discrète, qui le poussent tout doucement vers un assoupissement qu'il peut enfin s'autoriser. Pour l'instant il a le regard perdu en direction de la rade au loin. Caroff a quitté le monde. On pourrait croire qu'il veille, qu'il scrute, qu'il cherche à percer l'obscurité, mais non, il ne voit rien. La lumière de l'éclairage extérieur est diffractée en une infinité de perles scintillantes qui glissent lentement sur le vitrage, constamment renouvelées. Il laisse son cerveau abandonner toute velléité de se fixer sur un de ces points lumineux et flous qui tombent lentement, comme son niveau de conscience. Il n'a plus qu'une vision globale et périphérique imprécise, magnifiquement douce et paisible, et il sombre dans le sommeil sans rien pouvoir tenter, sans rien vouloir empêcher. Il pourrait être en train de mourir et s'en trouver bien, mais ce n'est pas ça, pas du tout.

Babeth et Jos vont se coucher eux aussi. Après avoir soigné et installé Toni au mieux, ils ont nourri Caroff, ont vérifié son endormissement et se sont isolés dans la chambre. Ils passent ensemble un moment sous une douche brûlante. Les jambes tremblantes et les mains fermes emplissent tout l'espace de la cabine de ce qui leur reste d'énergie. Ils s'empoignent l'un l'autre tels deux lutteurs à l'entraînement, imbriqués, plaçant et parant tour à tour leurs meilleures clés de bras et de jambes. Ce sont deux grimpeurs, épuisés mais résolus pourtant à s'élever toujours plus haut, se hissant, poussant, glissant l'un sur et sous l'autre, et cherchant minutieusement les prises les meilleures dans la tiédeur du partenaire, celles qui les feraient s'élever ensemble. Ils s'appuient contre le carrelage du dos, des hanches et des fesses pour ne pas chuter. Ils y restent jusqu'à ce que l'accumulateur cesse d'alimenter leur besoin de l'autre et ne crache plus que de l'eau froide.

Ils sont couchés, incapables de fermer l'œil. L'ampleur des émotions qui les parcourent, et la course effrénée dans leurs artères depuis plusieurs semaines d'un sang bouillonnant les ont mis dans un état d'excitation permanent, addictif, énergisant, mais épuisant aussi. Et puis il y a eu le décès de René d'abord, puis Josette… Une gravité nouvelle est montée en eux, teintant leurs rapports d'une nuance plus tendre, plus mature et plus grave, sans rien enlever à la force initiale de leur attachement. Les événements d'aujourd'hui ont à nouveau tout bousculé bien sûr, mais maintenant qu'ils sont chez Brieuc, au calme, c'est le souvenir triste et silencieux de ces deux petits vieux qui reprend le dessus, et le besoin de se rassurer l'un l'autre. Babeth passe une main sur Brieuc, pesant sur son corps ardent et dur, comme pour mieux s'assurer de sa réalité, de sa présence dans sa vie. Jos la touche aussi en réponse, du bout des doigts, le visage d'abord, puis lui presse le bras. *Je SUIS là.* Il sent aussi sa chaleur à elle, le tremblement ténu de ses muscles tendus dans la position maintenue. Puis elle s'écarte et s'assied, s'adosse, retrouve finalement la main de Jos et la serre, la serre très fort. Elle murmure.

– Qu'est-ce qu'on va faire ?

Il lui répond en chuchotant aussi, lui rend sa pression dans les doigts.

– J'appelle le SAMU demain, dès qu'il sera parti.

Babeth secoue la tête. Elle le regarde. Il ne distingue pas bien son visage dans la pénombre.

– Non… Nous… Qu'est-ce qu'on va faire ?

Alors Brieuc la saisit, l'amène à lui. Elle se couche sur lui. Il a ses lèvres à son oreille et il lui parle dans un souffle, il lui parle lentement et longuement, et elle frissonne. Quand son murmure s'éteint, elle s'est endormie, toujours allongée sur lui, et il respire à peine, les yeux grands ouverts, immobile et calme.

Chapitre 23

LE PASSAGE

Il ne pleut plus. Un brouillard fin, incompréhensible, a commencé à s'accumuler, poussé de la mer en bancs massifs. Delmas et ses hommes ont roulé dans cette purée de pois de plus en plus épaisse. Le GPS a failli le rendre fou le Delmas. Avec sa voix de pétasse sentencieuse, l'appareil stupide les a déjà envoyés dans deux directions erronées. Il n'en peut plus de ces calculs en cours et des annonces de ronds-points inexistants. Ses hommes l'ont laissé s'exciter tout seul, suivant ses directives hargneuses comme autant de caprices, résignés à devoir supporter jusqu'au bout de la nuit ses incohérences lunatiques. Ruben, encore un peu ivre, mais pas assez à son goût, est affalé sur la banquette arrière. Il fredonne à mi-voix et ses doigts jouent machinalement avec les deux cartouches qu'il va bientôt insérer dans l'arme qui repose à côté de lui. Il espère vaguement qu'une fois arrivés ils ne trouveront personne, mais si ce n'est pas le cas… Alors tant pis… Raphaël est au volant, il regrette un peu d'avoir terminé la bouteille de blanc à l'hôtel, lui non plus n'est pas très motivé.

La nana du GPS a finalement retrouvé ses petits, annonçant contre toute attente une arrivée à destination sur la gauche à cent cinquante mètres. Le boss s'est aussitôt agité derrière Raphaël, lui ordonnant de stopper la voiture.

Il faudrait qu'il arrête de me taper sur l'épaule comme ça, c'est pas supportable.

Mais, bon il obtempère sans rien dire, coupe le moteur et les feux. Il y a une seconde d'obscurité totale et de silence relatif, puis chacun d'entre eux perçoit progressivement la masse cotonneuse qui les absorbe et le bourdonnement constant du vent qui a beaucoup faibli mais n'a pas cessé VRAIMENT. On distingue quand même la route qui continue vers le bas, et le début d'une courbe qui devrait les amener à leur but. Alors ils laissent la voiture. Les gars chargent leur fusil. Tout le monde enfile des gants. En fouillant dans la bagnole, ils trouvent finalement une deuxième lampe dans le vide-poches. Elle fonctionne. Ils se mettent en route sur le chemin. Quelques gouttes, tombant des arbres gorgés des pluies de la journée, viennent leur tapoter la tête et les épaules, comme une blague un peu éculée mais qui fait toujours son petit effet. Raphaël se retourne vers son comparse et il s'en faut de peu qu'un fou rire nerveux vienne les prendre à la gorge. Saleté de pays ! Le boss est devant, il marche trop vite sur les pierres glissantes. Les halos lumineux des pauvres lampes de poche peinent à trouer les gouttelettes d'eau en suspension dans l'air et leurs frangines plus lourdes, épaisses et froides, qui viennent taquiner les trois hommes. Au bout de quelques mètres le boss trébuche dans une ornière. Sa cheville claque avec un son net, bref et définitif. Il glapit et s'affaisse sur le côté dans une flaque. L'entorse a l'air assez sévère, il essaie de se relever mais peut à peine poser le pied à terre. Ses deux gars sont accroupis près de lui. Ils sentent monter son exaspération et savent que ça va leur retomber dessus, d'une façon ou d'une autre. Ils se regardent, indécis. Si Delmas tient une chose en horreur depuis sa plus tendre jeunesse, c'est bien le fait d'être souffrant, malade ou pire encore, blessé. Son cerveau a enregistré le fait patent qu'un de ses ligaments s'est distendu brutalement, qu'il a peut-être même cédé, qu'un léger arrachement osseux n'est pas à exclure, et qu'il va souffrir comme un chien pendant au moins deux à trois semaines. Il perçoit l'agacement chez ses deux hommes. S'il ne leur donne pas d'ordre précis dans la seconde, tout ça va partir en vrille. Il s'essuie la figure, déjà trempée et glacée.

– Raphaël, Raphaël écoute-moi bon Dieu !

Raphaël soupire. Raphaël n'a qu'une envie, en terminer avec tout ça et prendre le large, le plus VITE possible.

– Je vous écoute patron, je vous écoute…

– Vous allez m'aider à marcher. On n'est plus loin.

Raphaël soupire, opine.

Au point où on en est…

Les trois hommes descendent le chemin à petits pas en jurant de temps à autre, passent entre les chênes difformes de l'entrée, changent de posture et avancent lentement dans l'obscurité vers la maison. Ils ont les pieds trempés, ils ont froid, mais ils y sont.

À une dizaine de mètres du bâtiment, un projecteur extérieur se met automatiquement en marche. Ruben et Raphaël jurent de nouveau, pointent leur arme comme ils peuvent avec Delmas qui les gêne, et continuent à marcher vers la maison. Que faire d'autre dans cette boue ? Les trois hommes subissent une rafale subite de vent en pleine face et ont la lumière dans les yeux. Delmas peine à suivre. Il encombre complètement les deux autres et en a conscience. Son articulation lui fait un mal de chien et vient alimenter la colère qui croît en lui. Il bout le boss, il enrage. Et les voilà aveugles maintenant ! Les mains se lèvent en visière pour tenter de discerner quelque chose dans tout ce blanc. Ils écoutent, cherchent à identifier chaque son, chaque craquement, le bruissement des branches, des buissons. Le boss se retourne, croit entendre un cri d'animal quelque part derrière lui dans la nuit… Rien. Pas d'alarme mugissante. C'est déjà ça. Pas de chien non plus. Ruben déteste les chiens.

À l'instant où, sur l'ordre de Delmas, Ruben tourne la poignée de la porte en pesant dessus de tout son poids, Caroff est plongé dans un rêve un peu perturbant qui ne devrait pas tarder à le réveiller. Depuis leur arrivée dans cette maison il s'est laissé diriger docilement, trop épuisé et soulagé pour manifester la moindre volonté autonome. Juste avant de s'abandonner complètement au sommeil, il a senti le murmure à peine perceptible de la présence de Babeth et Jos au-dessus de lui, puis les chuchotis délicats et légers de leur conversation s'éloignant… À présent il est plongé dans une phase de sommeil paradoxal. Les images animées se succèdent, les sensations tactiles aussi. Il est assis à la table du mobil-home, un stylo à la main. Sa fille lui dicte sévèrement une liste de courses urgentes à faire : un cartable bleu avec des roulettes, des petits-suisses, une grande boîte d'allumettes, des croquettes pour Aspro… Caroff s'énerve. Écrire lui est presque impossible, les lignes se chevauchent, illisibles malgré ses efforts. Gaëlle se penche sur lui, soupire, agacée par son empoté de père. Elle murmure, désolée pour lui…

– Papa…

Alors elle se saisit du stylo, rature, corrige ses écritures. Marie est là aussi, un peu en retrait dans l'ombre, songeuse.

– … Et un porte-clefs… Ajoute un porte-clefs. Tu égares toujours tes clés mon pauvre chéri… Un de ces jours… tu resteras à la porte…

Marie et Gaëlle le regardent gravement puis leur visage se brouille, disparaît, et sans transition il se retrouve petit garçon inquiet attendant le retour de son père, seul…

C'est le deuxième coup d'épaule de Ruben qui réveille Caroff, effaçant instantanément son rêve. La vibration sourde de la porte dans le chambranle est suivie d'un jappement bref.

Ah si, un chien, soupire Ruben dehors… *Il y a toujours un chien, toujours un foutu chien…*

Caroff se redresse, gagne la porte du bureau. Brieuc lui aussi s'est levé d'une pièce. Caroff le voit faire signe à Babeth de rester dans l'ombre de la chambre puis sortir sans allumer, aller torse nu jusqu'à une petite fenêtre et jeter brièvement un coup d'œil à l'extérieur. Le voilà qui regarde dans sa direction à lui à présent, le visage dur. Inutile de faire un dessin. La voix inquiète de Babeth interrompt cet échange de regards entre les deux hommes.

– Qu'est-ce que c'est ?

Brieuc tend la main vers elle pour lui signifier à la fois la nécessité de se taire et de ne pas bouger. La porte est solide et bien verrouillée. Elle ne cédera pas si facilement. Ruben renonce. Jos se décide à rejoindre Caroff. Penché légèrement en avant, il traverse en trois grandes enjambées la salle de vie où Toni est toujours couché, calme, ronflant légèrement. Caroff ouvre grand la porte du bureau, la referme à moitié après Brieuc.

– Je suis désolé…

Brieuc est furieux, et il a peur, Caroff le perçoit très bien. Jos s'approche de lui à le toucher, à le frapper peut-être. Caroff recule d'un pas. Babeth appelle Jos encore une fois, le remettant sur les rails. Alors, après une volte-face, il lui fait de nouveau signe de rester où elle est, puis se tourne vers le placard du bureau. Il s'affaire maintenant, s'énerve sur le téléphone tout en ouvrant un tiroir.

– Trois types armés devant l'entrée ! J'appelle les flics !

Caroff acquiesce, regarde autour de lui, saisit un vieux club de golf chiné un jour par Jos dans une brocante.

Dehors il y a eu un court conciliabule. Les trois hommes ont décidé de faire le tour. Ils arrivent bientôt devant la baie vitrée de l'autre côté de la maison, tentent d'y voir quelque chose. L'intérieur est presque dans l'obscurité, seule une veilleuse diffuse une faible lueur jaune dans un coin près d'un canapé. Personne dans la pièce. *Ah*, *si*... Quelqu'un est couché sur le côté. Delmas croit reconnaître 180. Il distingue la perfusion.

Alors tu es là toi...

Le boss se tourne, donne le signal d'un mouvement de tête impatient. Raphaël ressort le pied de biche de tout à l'heure. Il force le panneau coulissant en tâtonnant un peu, et voilà, ils entrent dans la maison. Ils sont DANS la maison, s'immobilisent, écoutent. Ils cherchent un interrupteur à présent, le trouvent. Toni tressaille mais sans se réveiller vraiment.

Caroff et Brieuc sont toujours cachés dans le bureau. Jos vient de raccrocher. Les gendarmes devraient arriver. Ils vont forcément arriver... Oui, mais les intrus ont pénétré dans la maison en moins de trois minutes et n'ont pas hésité à allumer le plafonnier... Caroff, interloqué, regarde Brieuc sortir un pistolet et une poignée de cartouches du placard. Le voilà qui insère, en tremblant un peu, les étuis de laiton dans le chargeur. Deux lui ont échappé et roulé à terre, tant pis. Jos enfonce le magasin, tire lentement la culasse en arrière jusqu'à la butée puis la relâche doucement, assez naturellement pour quelqu'un qui n'a des armes de poing que l'expérience sommaire des amateurs de films d'action. Ça, Caroff l'ignore, et il regarde Jos d'un œil nouveau tout à coup, note les poils de ses avant-bras hérissés par l'angoisse, ressent une onde de chaleur naître et croître dans son propre estomac. Les mains de Caroff se crispent sur le cuir fatigué du club. Brieuc a senti la crosse du pistolet avaler goulûment l'objet long et plat lesté de tout ce plomb. Il a entendu le premier projectile s'insérer dans la chambre, glisser et se mettre en place. Il abaisse le chien, comme il a vu René le faire pour ne pas se mettre une balle dans le pied connement, repousse le levier de sécurité. *Et maintenant, hein, gros malin, tu fais QUOI ?*

Pendant les quelques secondes qu'il lui a fallu pour charger ce foutu flingue en frissonnant, il n'a pensé à rien d'autre qu'à glisser proprement les munitions dans le chargeur, occultant toute autre pensée, et maintenant que c'est fait, l'angoisse revient en force. Elle investit chacun de ses neurones, les réfrigérant un à un. Il n'entend RIEN à côté, ne distingue RIEN non plus dans l'embrasure de la porte si ce n'est la silhouette de Babeth là-bas dans l'obscurité de la chambre. Les trois intrus se sont figés, humant l'air comme des limiers. Chaque pulsation de son cœur emplit Brieuc d'une résonance douloureuse, faisant tout vibrer, artères, veines, et jusqu'au moindre capillaire. Il a un bruissement sourd derrière les tympans. *Calme-toi ! Respire… Respire…*

Brieuc se tourne vers Caroff, vient jusqu'à lui, se force à chuchoter, à articuler. C'est très difficile tant il est tendu. Sa voix est rauque, granuleuse. Il voudrait cracher, ou déglutir, impossible.

– Les flics arrivent…

Caroff secoue la tête. Il a l'air… un peu perdu, pense Brieuc, qui le scrute… Mais au moins a-t-il retrouvé cet éclat dans l'œil qu'il avait plus tôt dans la journée… peut-être grâce à cette tige d'acier à la tête lestée en bois verni qu'il tient fermement en main. Et surtout, lui aussi, comme Brieuc, est empli d'une angoisse viscérale. Ils n'ont pas peur pour eux-mêmes, pas vraiment, mais Brieuc craint pour Babeth, et Caroff, pour Toni, couché là-bas, inconscient de la rage du boss, qui monte, qui monte comme la douleur hurlante dans sa cheville luxée. Caroff fait un signe de la tête en direction du salon.

– On n'a plus le temps…

Brieuc s'est plaqué contre le mur. Il a en enfilade une vue étroite vers la chambre. Les yeux brûlants dans ses efforts pour croiser le regard de Babeth, il croit percevoir le visage de celle-ci, pâle, à six mètres, inaccessible… *BABETH… Pourquoi ne sort-elle pas par la fenêtre ? Parce que tu lui as dit de ne pas bouger !*

À présent on entend les hommes dans le salon commencer à bouger à petits pas prudents. Le chien de René et Josette s'est réfugié dans un coin de la grande pièce depuis leur entrée. Il grogne sans discontinuer depuis l'intrusion des trois types, crocs à l'air sans doute. L'animal n'a pas l'air de vouloir quitter son poste, il continue à produire un bruit de gorge impressionnant pour sa taille. Caroff est venu se placer à côté de Jos au plus près de la porte et tente de voir Toni par-dessus son épaule, pas moyen.

Et voilà le dos d'un des intrus qui entre dans le champ de vision de Brieuc. L'homme avance vers la chambre, l'arme pointée, s'interrompt, se tourne vers le coin où se tient l'animal arqué et hérissé, la gueule grande ouverte. Dans la seconde qui suit, une détonation déchire le silence, coupant net le grondement du chien et surprenant tout le monde. Ruben lâche un sifflement étonné devant le résultat de son tir, ricane même. Il ouvre le fusil, ôte la douille qui a servi, la place dans une poche, la remplace, referme son arme et reprend sa progression vers la chambre. Tout ça n'a duré que quelques secondes.

La mort du chien a glacé et figé d'effroi les deux hommes réfugiés dans le bureau. À l'autre bout de la pièce, Toni, lui, a fait un bond sur le canapé, les yeux exorbités sur la scène en cours. Il ne sait pas où il est, ne comprend pas ce qui se passe. La seule chose qu'il a identifiée de façon certaine, c'est le bruit de la détonation bien sûr, et le visage déformé du boss penché sur lui. Pas le temps de réfléchir, le salopard vient de lui arracher la perf. Il le gifle maintenant, méchamment, à plusieurs reprises.

– Tu te souviens de moi 180 ? Tu sais, c'est moi, ton PATRON ! Tu devais pas me livrer quelque chose ?

Toni a toujours les yeux écarquillés, sa tête oscille sous les baffes mais il gronde lui aussi comme le chien juste avant. Une bouffée de haine vient lui donner la force de cracher à la face de ce salaud. Et voilà Delmas qui lui remet des baffes maintenant. Il le cogne et le cogne encore, sans parvenir à le faire taire complètement. Tout ça n'a pris que quinze secondes mais le boss, essoufflé, a déjà besoin d'une pause. Il se redresse.

Caroff et Brieuc eux sont toujours figés dans le bureau. La mort du chien les a d'abord tétanisés. Mais elle a aussi pour conséquence de faire monter en flèche leur taux d'adrénaline et leur capacité à enfin AGIR. Tout le bras de Brieuc lui fait mal tant il serre la crosse de l'arme qu'il a en main. Le salopard amateur de hot-dog va atteindre la chambre là, tout de suite s'il n'agit pas MAINTENANT. Caroff le voit faire deux pas rapides hors de la pièce, bras tendu, penché en avant, comme un coureur de relais dans la dernière transmission. Brieuc n'est plus que concentration et résolution. Il est à peine à trois ou quatre mètres de la silhouette qui menace Babeth et sa position n'est pas si mauvaise. Son bras est plus ou moins pointé vers le milieu du dos de Ruben. Il presse deux fois la détente. Le bruit du pistolet est plus sec mais pas moins fort que celui du fusil que Brieuc a encore dans les oreilles. Le recul est brutal dans son poignet. Le type s'affale sur le ventre, laisse tomber son arme au sol avec un petit cri de surprise, sans que Brieuc distingue la moindre blessure, et pourtant…

Raphaël est un peu lent à comprendre ce qui vient d'arriver à Ruben, le vin blanc sans doute, mais voilà, ça y est… Après, c'est comme le vélo, pas besoin de réfléchir pour pédaler, il se met en branle, lève sa mire vers Brieuc. Alors Caroff se rue en avant, le club brandi au-dessus de la tête. Il abat la masse d'acier inoxydable exactement là où il fallait, pile sur le canon de l'arme, à peine une micro-seconde trop tard. La plus grande partie de la décharge atteint Brieuc en plein thorax au moment où il se retournait vers eux, le bras tendu. Le voilà lacéré, traversé et déchiré, projeté en arrière contre le mur, et puis il glisse au sol, inerte, terriblement ensanglanté. Caroff ne voit précisément rien de ça, il enchaîne les frappes sur les bras, les clavicules et les épaules du tireur. Celui-ci a lâché son arme, et tente de parer les coups en vain de ses membres bientôt brisés. Il finit par tomber à genoux. Babeth s'est ruée hors de la chambre. Son hurlement les traverse tous comme une décharge haute tension. Caroff SAIT qu'il vient ENCORE de perdre un membre de l'équipe. Alors, déchaîné, il remonte d'un cran, s'en prend maintenant à la tête du gros et envoie valser quelques dents en désordre. Raphaël est bientôt en tas par terre. Caroff n'en peut plus, son énergie s'est embrasée en une bouffée dévastatrice mais maintenant épuisée. Il est au bord de la syncope tant il respire fort et vite. Le club lui glisse des mains. Un voile noir lui occulte les yeux. Il titube, tombe à genoux.

Delmas aurait bien tenté quelque chose pour aider Raphaël, mais pendant deux minutes confuses, 180 s'est redressé, a cherché à l'agripper, à le frapper, à lui crocher le cou. Alors le boss s'est dégagé, il a repoussé Toni, l'a maintenu allongé de tout son poids. Il vient d'attraper son rasoir dans la poche et lui porte deux coups croisés, rapides et sauvages à la carotide. Il repousse 180, le maintient sur le dos de tout son poids alors que le pauvre gars s'étouffe à présent. Delmas sent son propre pouls cogner à sa gorge avec une telle force qu'il craint un instant de faire un malaise. 180 est là sous ses deux mains plaquées sur sa poitrine, immobile, exsangue, et lui-même a les avant-bras écarlates et poisseux. Delmas se redresse, écœuré, au bord de l'évanouissement. Il fait deux pas tremblants vers le milieu de la pièce. Il boite à mort, et… *nom de Dieu*, c'est une vraie scène de guerre, un carnage comme il n'en a jamais vu… Ruben affalé, Caroff recroquevillé au sol, Raphaël écroulé sur le dos, et la salope prostrée qui gémit en continu, couchée sur l'autre type pour compléter le tableau…

– Raphaël, Raphaël…

Mais Raphaël a donné tout ce qu'il pouvait et a lâché l'affaire. Raphaël ne répond pas. Raphaël vient d'entrer dans le coma sans aucune intention de refaire surface avant très longtemps. Alors le boss repère le pistolet que Brieuc n'a pas lâché, claudique jusqu'à lui, le ramasse.

– Tu peux dire que t'as foutu une belle merde toi…

Il a beau être à moitié dans les vapes, il sait que les flics vont débouler dans pas longtemps. Impossible de conduire. Il lui faut un chauffeur. Il attrape Babeth par les cheveux, la tire à lui comme un sac, l'arrache à cet abruti couché par terre qui a déclenché tous les feux de l'enfer en un quart de seconde de folie pure. Elle crie, tente de se débattre, alors, excédé, et à deux doigts de lui flanquer une balle, il lui sert un aller-retour cinglant revers-coup droit sur la bouche, la soufflant comme une chandelle. Il la traîne jusqu'à Caroff, le force à se lever, crachant et à moitié suffocant.

Les voilà qui sortent. Caroff soutient Babeth, elle semble à deux doigts de se laisser mourir là, sur place, mais elle avance tout de même. Caroff cherche à capter son regard mais elle est en état de choc. Caroff est tout près de la rejoindre dans ce no man's land mental. La vision de Brieuc écroulé, de Toni affalé dans le canapé gorgé de pourpre est tombée sur lui avec la puissance d'une avalanche, glaciale, l'emportant et l'ensevelissant. Arriver jusqu'à la voiture est un vrai chemin de croix, mais ils y sont. Le boss passe à l'arrière avec Babeth, proche de la catatonie. Caroff est au volant.

Le boss a pu lire en une seconde le panneau qu'ils ont passé à l'aller « Le Passage », *c'est bon signe ça, un passage.*

Ils vont bien déboucher quelque part.

– Roule ! ROULE !

Alors Caroff obéit comme un automate, s'engage dans la pente, accélère. Ils prennent de la vitesse alors qu'ils pénètrent dans de nouvelles couches de brume restées entassées comme un linceul dans le fond de ce trou. Quelques branches brisées par les rafales percent les murs de grisaille sur les côtés et il fait des écarts dans ses efforts pour les contourner. Il devine la présence de fossés d'écoulement qui bordent la chaussée bosselée, et à chaque embardée corrigée, le boss crie sa misère à l'arrière de la bagnole, à moitié allongé. Lui ricane en s'accrochant au volant de ses deux mains. Caroff, sans s'en rendre compte, est en train de quitter la réalité, submergé par la violence des instants qu'ils viennent de vivre. Brieuc en charpie comme sur l'étal du boucher, Toni la gorge ouverte, c'est plus qu'il n'en peut supporter. Il accélère encore. Il rétrograde, accélère de nouveau, retrouve de la puissance. Le boss gueule derrière. Il ne l'entend même pas. Il est ailleurs. Le moteur monte dans les tours. Les maisons d'un hameau surgissent et s'évanouissent, aussitôt avalées par la nuit.

Babeth ballotte à l'arrière comme une poupée de chiffon sans consistance. Elle ne sent rien de la course folle de la voiture, des embardées et des cahots insensés. Cela ne dure pas, brusquement la jeune femme reprend conscience en plein chaos. Tous ses sens martyrisés hurlent leur rage et leur souffrance saturant son esprit au-delà de toute raison. Jusque-là prostrée, elle a comme un sursaut fulgurant, une décharge électrique qui la tend comme un arc, et elle se jette sur Delmas, toutes griffes dehors, attaque les yeux, la gorge, cherche la jugulaire. Elle est déchaînée. Cette folle va le mettre en pièces ! Il lui appuie le canon du pistolet entre les deux seins et la foudroie d'une balle en plein cœur. Caroff gronde à présent comme un damné, il perçoit une masse sombre droit devant, une bouche grande ouverte sur le néant. Alors il pique droit dessus. Ses roues avant patinent et s'emballent dans une masse molle, visqueuse et filandreuse, un paquet de varech qui a valsé là pendant la nuit. La voiture part en tête à queue, puis la gomme des pneus retrouve une surface homogène rugueuse, granitique et pentue, comme des pavés on dirait, puis lisse et glissante. La bagnole se met à vibrer de toutes ses tôles, le volant tremble entre ses mains, ils dérapent…

dérapent. Et puis… plus rien, une suspension dans l'air, une parenthèse de paix, à peine le bruissement de l'air et le vrombissement du moteur et des pneus, frustrés de ne plus rien avoir à mordre. Ils se sentent légèrement soulevés de leur siège et poussés contre les portières dans l'élan pris par la voiture et la force centrifuge qui les happe. Cela ne dure qu'une ou deux secondes…

Une ou deux secondes incrédules donc, puis la berline heurte bien à plat la surface de l'Élorn, hachée par les rafales venues du large qui redoublent. Le choc est… brutal. Oui, brutal. Tout valse à l'intérieur. Les airbags se sont déclenchés, imposant une pression très anxiogène sur le visage et la cage thoracique, puis dégonflés dans la foulée. Le moteur a calé tout de suite et la caisse a immédiatement commencé à dériver, emportée par le courant de marée descendant allié au flux du fleuve. C'est un peu la panique à l'intérieur, à l'arrière maintenant avec son corollaire de gestes inutiles et même carrément improductifs, de cris rageurs, et d'insultes à la Bonne Mère, car l'eau s'infiltre par tous les trous possibles, les passages de câbles, de roues, la clim. Le moteur les fait piquer du nez lentement vers l'avant alors que la voiture a commencé à effectuer des cercles sur elle-même. Caroff a entrepris de passer à l'arrière. L'eau est vraiment glaciale, et l'idée qu'il va crever là, dans ce froid, fait son chemin assez rapidement dans l'esprit dévasté du boss. Il aurait le temps pourtant de se calmer, d'attendre le point d'équilibre de pression entre l'intérieur de la voiture et l'extérieur. Mais non, il s'échine à tenter d'ouvrir les portières, ce qui n'est tout simplement PAS possible pour l'instant. Le verre des vitres est vraiment à la hauteur, pas moyen de briser ces foutues glaces. Quand le Delmas a l'idée d'y mettre un coup de pistolet, il est un peu tard. Celui-ci a disparu dans la flotte noire et vaseuse. La folle du GPS préconise de tourner à la prochaine intersection, comme si de rien n'était, puis elle a comme une espèce d'hésitation électronique nasillarde, et se tait définitivement. Ils ont de l'eau aux épaules maintenant, et cherchent à garder simplement la tête dans la poche d'air au-dessus d'eux. Le boss n'est plus que hurlement, et bordel il va bien falloir qu'il la ferme ! Alors Caroff le saisit par les épaules et le tire, le maintient sous l'eau. L'agitation frénétique de Delmas n'y fait rien, impossible de se dégager de cette poigne qui cherche à le noyer. Trois minutes à peine viennent de s'écouler et ils n'en ont plus que cinq autres à vivre. C'est ainsi, et ils ont pourtant encore la force de contester cette donnée qui devrait s'imposer à eux. Ils sont entre deux eaux à présent, leur vitesse de dérive augmente et le niveau à l'intérieur s'est stabilisé. Caroff a les deux mains imprimées dans la gorge de ce pourri. Il malaxe. Il écrase. Il broie. Voilà. Le boss s'est enfin tu. Il est blême et a la gueule grande ouverte, les yeux aussi. Caroff est grelottant. Babeth est là, tranquille, les cheveux libérés. Elle le regarde sans le voir, superbe.

Caroff se relâche, s'abandonne au froid qui remonte dans ses membres et puis, au moment où il va basculer dans l'inconscience, une pensée le saisit et le traverse comme un coup de grâce atroce. Les visages de la mère de Toni, de Marie, de Gaëlle lui tordent le cœur pendant quelques secondes horribles. Ses dents claquent, le souffle s'accélère. L'éclairage vient de le lâcher. C'est peut-être mieux ainsi. Voilà, ce serait le bon moment pour ouvrir les portières et s'extraire de cette boîte. Il n'y pense pas. Sa température corporelle a tellement chuté qu'il ne pourrait pas vraiment nager. Ce serait pour sortir mieux se noyer dehors.

Les secondes s'égrènent, les minutes. L'épave continue sa dérive silencieuse. Rien ne trahit son passage furtif. Un promeneur nocturne ayant décidé de sortir son chien insomniaque est à cet instant sur l'ancien pont qui enjambe l'Élorn, accoudé dans la brume. Il sent sur la peau de son visage l'arrivée progressive de la brise, son souffle humide et frais, il entend le petit clapot qui hachure la surface de l'eau en contrebas sous la couche de coton, et aussi le cliquetis des griffes de son chien un peu plus loin. Mais du passage de la voiture entre deux eaux à vingt-sept mètres sous ses pieds il ne perçoit RIEN.

Le boss, Babeth et Caroff flottent à présent, bras emmêlés, et pivotent lentement au gré des mouvements lents de l'eau qui remplit presque complètement l'habitacle et les fait valser doucement. Caroff est aux marges de l'inconscience, ne sent plus rien du tout. Juste avant de mourir dans un dernier frisson, il perçoit un éclair lumineux rouge là-haut à la surface, sur sa droite, c'est un des feux du chenal d'accès au port de plaisance, mais ça n'a plus aucune importance.

Le brouillard a fini par s'effilocher et se retirer complètement, déchiré aux quatre coins de la région sous l'entêtement des masses d'air océanique. La rade est magnifique, il y a une belle lune qui dispense une lumière assez douce, le clapot court et têtu s'est un peu assagi. À l'issue de la marée, ce sont quelque sept cents millions de mètres cubes d'eau qui sortent de la rade, s'engouffrent dans le goulet, et se dispersent en mer d'Iroise. Sept cents millions de mètres cubes d'eau qui poussent gentiment la voiture qui flotte toujours entre deux eaux et ses passagers à plus de trois nœuds. Trois nœuds. Cinq mille cinq cent cinquante-six mètres à l'heure. Quatre-vingt-douze mètres à la minute environ.

C'est assez rapide pour un objet inerte immergé sans moyen de propulsion.

Remerciements

Je remercie les personnes qui ont amicalement accompagné ce projet, Alain au premier chef pour son appétit des belles lettres et son exemple, Yves pour son enthousiasme énergique et sa spontanéité, Arnaud, encore un exemple de persévérance et d'engagement, et particulièrement Jacques, à qui je dois une belle part de mon endurance.

Merci à Hélène pour sa confiance et son invitation constante à regarder au loin.

Enfin, je remercie les Éditions du Rouergue et évidemment Nathalie Démoulin, la « maîtresse des clés », pour avoir cru en ce roman, et avoir simplement dit, « Oui ».

Ouvrage réalisé par Cédric Cailhol Infographiste

Reproduit et achevé d'imprimer en février 2020
par l'imprimerie Novoprint à Barcelone (Espagne)

Dépôt légal : avril 2020

ISBN : 978-2-8126-1982-3